수상록

정세균 에세이

무엇이 유리하고
무엇이 불리한지로 분석하지 말고,
무엇이 올바른지를 기준으로 분석하게나.

그러면 단순해진다네.

contents

제1장 무엇이 올바른지

제2장 바이러스와 싸우다

제3장 더 훌륭한 나라

제4장 민주주의자 정세균

제5장 응, 아저씨가 진짜 세균맨이야

일러두기:

1. 이 책의 모든 각주는 편집자 주석입니다.

2. 이 책은 저자가 주로 구술하고, 이를 편집자가 편집하여 완성되었습니다.

제 1 장

무엇이 올바른지

얼굴을 맞대며 토론을 하다 보면
안될 것 같은 상황도 해결할 수 있습니다.
자기 구호를 외치는 것도 좋지만
남을 정성껏 설득하는 일도
이렇듯 중요합니다.

쇼맨십

어떤 정치인들은 쇼를 좋아합니다. 쇼맨십을 발휘하는 것도 재능이지요. 국민들이 정치인에게 요구하는 것이 재미라면야 쇼맨십도 키워볼 만하고 저마다 유튜브 방송을 고민해야겠지요. 하지만 그런 게 좋은 정치는 아니잖아요? 나는 쇼맨십을 좋아하지 않습니다. 그냥 체질에 맞지 않아요. 막 나서거나 설친다든지 시끄럽게 이벤트를 하는 것도 좀 싫습니다. 얼굴이 얇아서요. 진심을 전하는 것만 생각합니다.

소파의 높이

2017년 6월에 일본 총리 관저에서 아베 신조 일본 총리와 면담을 한 적이 있습니다. 한국 국회의장 자격이었지요. 서로 소파에 앉아 얼굴을 마주보며 회담하는 자리였습니다. 실무팀이 어떤 자리에서 어떤 환경으로 면담이 진행되는지 사전에 확인을 합니다. 그런데 소파의 높이가 달랐습니다. 한국 국회의장의 소파 높이가 일본 총리의 소파 높이보다 낮았던 겁니다. 일본 쪽 의전을 담당하는 실무자 중 누군가 의도적으로 우리를 낮춰 보는 사람이 있는 거지요.

저는 낮은 높이의 소파에 앉아도 괜찮습니다만, 정세균 개인 자격으로 일본 총리를 접견하는 게 아니라 한국 국회의장 자격으로 일본 총리와 회담하는 자리였습니다. 국가를 대표하는 사람은 개인보다는 자기 나라 국민의 자존심을 생각해야 하지요. 모든 일은 국민이 바라보고 있으니까요. 국민을 생각하는 입장에서는 사소한 문제가 아니었습니다. 그래서 우리가 일본 쪽에 말했지요. 소파의 높이가 맞지 않으면 회담을 취소하겠다고요. 결국 어떻게 됐을까요?

같은 높이의 소파에 앉아 회담을 했습니다. 국가 간 외교는 언제나 대등해야 합니다.

마음을 듣다

'몸이 천 냥이면 눈이 구백 냥'이라는 말이 있습니다. 그런데 정치인에게는 귀가 구백 냥이지요. 정치는 자신을 드러내야 하는 일이어서 사실 귀를 크게 하는 일이 쉬운 일은 아닙니다. 하지만 귀를 크게 해서 국민의 소리를 잘 듣고 소통하지 않으면 정치가 제대로 될 수 없지요. 김대중 대통령은 '최고의 대화는 경청'이라는 말씀을 옥중서신으로 하신 적이 있습니다. 사람의 마음을 얻으려면 그 사람의 마음을 들어야 한다는 말씀이셨습니다. 정치인이라면 더욱 그래야 합니다.

평창동에 서울예술고등학교가 있어요. 그곳 앞에 낡은 육교가 있었는데 안전을 위해 철거했습니다. 악기를 들고 다니는 아이들을 생각해서 육교를 새로 짓고 학교 바로 앞까지 이어지는 엘리베이터를 설치할 계획이었지요. 하지만 동네 주민들이 경관을 해친다며 크게 반대했어요. 저한테까지 와서 육교 재설치는 안 된다고 항의하시면서 만약 육교를 설치하면 표로 심판하겠다고 목소리를 높였지요. 반대하는 분들의 이야기를 끝까지 다 들었습니다. 정치인에게는 귀가 구백 냥이니까 거친 목소리를 끝까지 다 듣는 겁니다. 그다음 아이들의 안전과 편리함을 위해 어째서 육교가 필요한지 차분히 설명했어요. 이렇게 잘 듣고 말하면 싸움으로는 발전하지 않아요. 그 자리에서는 승복하지 않더라도 마음속에서 적개심이 자라지 않으니까요. 인내심이 필요합니다. 그냥 다 들어주니까 옆에 있는 사람은 속이 터져 죽을 지경이지요. 정치를 하다 보면 이런 일이 이루 말할 수 없이 많습니다.

술

저는 술을 잘 마시지는 못해요.

술을 잘 마시는 게 학창시절에서나 직장생활에서나 좀 유리하지요. 하지만 그건 남의 이야기고 술을 전혀 마시지 못하는 사람도 있는 겁니다. 이건 타고난 거니까 그저 받아들이면 됩니다. 어쩔 수 없으니까요. 학창시절 술을 아주 좋아하는 친한 친구 녀석들이 생각납니다. 막걸리대학교라고 불리던 학교였습니다. 친구들은 거나하게 술을 마셨습니다. 나는 마시지 않았지요. 그러면서도 우리는 즐겁

게 대화를 했습니다. 술을 마시지는 않지만 그래도 함께 하다 보면 인내심이 늘어요. 술에 취한 친구의 횡설수설 도 받아주고 술을 다 마실 때까지 인내심 있게 기다릴 수 있으니 멀쩡한 사람의 이야기는 더 잘 경청하게 되지 않을까요. 그렇게 수십 년의 세월을 보냈습니다. 돌이켜 보면 술을 못 마시는 게 사회생활의 독이 되기는커녕 약이 되었던 것 같습니다.

술은 피할 수 있어도 술자리를 피하기는 어렵잖아요? 종로로 지역구를 옮기기 전까지 제가 진안, 무주, 장수, 임실 지역에서 4선 국회의원을 했습니다. 그곳은 완전 시골이거든요. 촌로들이 예사로 막걸리 잔을 제게 권하지요. 저는 못 마시니까 사양하면서 제가 거꾸로 한 잔씩 따라드렸습니다. 오랜 세월 정치를 하면서 술을 한 잔씩 마시는 상황이 이어졌어요. 그러다가 몸이 좀 바뀌었는지 요새는 한두 잔 합니다. 수십 년 동안 얼마나 많은 술자리가 있었는지 그 숫자를 헤아릴 수가 없어요. 마치 평생 술을 마신 기분입니다. 그래 봤자 주량은 고작 한두 잔에 그칩니다. 남의 이야기나 듣는 것이지요.

초갈등사회

어느 곳에서나 갈등이 있게 마련입니다. 갈등이 제로인 사회가 어디 있겠습니까? 갈등이 생기면 사회 곳곳의 리더들이 그 갈등을 해결해야 하지 않겠어요? 밑에서 갈등이 생기면 위에서 갈등을 풀어야지요. 리더는 갈등을 완화하는 역할을 하는 사람이니까요.

하지만 그 리더들이 앞장서서 갈등을 증폭시켜요. 이것이 우리 사회의 피곤함입니다. 밑에서부터 갈등이 올라오는데 가장 큰 책임을 지고 있는 정치인들이 갈등을 해소하기는커녕 문제를 더 키우고 있어요. 옛날과 달리 지금은 팟캐스트니 유튜브니 이곳저곳에서 하루 종일 정치이야기를 합니다. 정치과잉이지요. 정치과잉이 초갈등사회를 낳은 것일 수도 있고, 초갈등사회여서 정치과잉이 생긴 것일 수도 있겠습니다만, 어쨌든 리더가 결단력을 갖고 신뢰회복과 사회통합을 위해 노력해야 하지 않겠습니까?

무엇이 올바른지

정치란 복잡한 세상을 좋게 만드는 일입니다. 당연히 분석도 필요하고 이런저런 전략도 만들어야 해요. 선거도 있습니다. 정당정치는 상대방이 있는 싸움이기도 해서 좋은 정치를 하려면 단순한 의욕만으로는 안 되고 분석을 잘해야 해요. 이해관계를 잘 따져야만 할 때도 있습니다. 분석은 혼자만 해서는 안 되고 여럿이 함께해야 하지요.

언젠가 보좌관이 나를 위해 보고서를 작성해 줬습니다. 아주 복잡한 보고서였어요. 이런 문서는 본인한테 설명할 기회를 달라는 의미입니다. 그래서 보고서를 작성한 보좌관을 불러서 설명을 좀 해보라고 했습니다. 설명도 복잡하더군요. 그건 보좌관 잘못이 아니라 상황 자체가 복잡해서 그런 것이었지요. 그렇지만 정치란 복잡한 상황 속에서도 길을 찾아야 합니다. 그래서 다 들은 다음에 한마디 했어요.

"이렇게 복잡한 상황에서는 무엇이 유리하고 무엇이 불리한지로 분석하지 말고, 무엇이 올바른지를 기준으로 분석하게나. 그러면 단순해진다네."

적폐청산

요즘 회자되는 소위 '적폐청산'을 매우 찬성합니다. 옛날 정권에서 일어난 여러 분야의 잘못된 관행이나 허물, 부조리들을 한번 정리하고 넘어가자는 것이지요. 특히 권력기관의 권한남용을 포함해서요. 그러나 적폐청산의 방식에 대해서는 사람마다 스타일이 달라요. 나는 남의 허물을 지적할 때에는 너무 큰소리로 하지 말고, 개망신 주지말고 조용히 하는 게 좋다고 생각해요. 잘못을 지적하는것을 즐기는 사람도 있겠지만, 누군가를 탓하면서 비참하게 만들면 부작용이 생깁니다. 아이들을 나무랄 때에도

여러 사람 앞에서 공개적으로 하면 반발심을 일으키잖아
요. 적폐청산이 너무 시끄럽고 요란해서는 오히려 적폐청
산에 이롭지 않은 거예요. 적폐세력은 그 요란함을 반기
면서 갑옷을 입거든요. 자기들도 시끄럽게 저항할 수 있
는 구실이 생기니까요. 적폐청산, 필요합니다. 눈감고 넘어
가지 말고 따질 것은 따지고 지적할 것은 지적하면서 정
리하고 넘어가야 해요. 하지만 확실히 매듭짓기 위해서는
조용하게 처리하는 게 더 낫다고 생각해요.

종합선물세트

1996년도 초선 의원 시절의 일입니다. 당시 국회 재경위원회에서 국정감사 준비를 하고 있었는데 모 대학선배에게서 전화가 왔습니다. 한보그룹의 임원인 선배였습니다. "이게 틀림없이 무언가의 청탁이 있는가 보다."고 생각했지요. 그래도 정치인의 귀는 열려 있어야 하고 가려 만날 때도 아니어서 일단 만나기로 했습니다. 팔래스 호텔에서 만났습니다. 만나서 한보그룹에 얽힌 자기들 사정을 설명하길래 그 설명을 들었지요. "잘 들었습니다." 하고 나오려는데 종합선물세트 박스를 주는 것입니다. 보통은 아이들

과자가 들어 있습니다. 내가 과자를 받을 나이가 아니잖아요? 그래서 사양했지요. 극구 사양을 했는데도 계속 강권하길래, "만약 내가 이걸 받으면 무엇이든 도와줄 수가 없습니다. 도움이 필요하면 강요하지 말아주십시오."라고 말하면서 뿌리치고 나왔던 적이 있습니다.

물론 그 박스 안에 정말로 과자가 들어 있었을 수도 있습니다. 그냥 지레짐작만 했을 뿐이니까 거기에 무슨 금품이 들어있다는 확증은 없잖아요? 그래서 그런 얘기를 누구한테도 하지 않았지요.

그 후 한보사태[1]가 터지고 한보그룹 국회청문회가 열렸습니다. 정태수 회장이 증인으로 참석했어요. 의원들이 정태수 회장에게 누구에게 로비를 했느냐고 물었지요. 정태수 회장은 많은 사람한테 로비를 했고 불법정치자금도 줬

---

1 1997년 외환위기의 시발점이 된 경제범죄 사건. 노태우 정부 시절 최대의 정경유착 사건으로 1991년 수서동, 일원동 일대 택지개발지구 불법 토지 분양과 관련된 일명 수서비리 사건을 일으킨 한보그룹 정태수 회장이 그 후 철강사업까지 진출했으나 천문학적인 규모의 로비, 뇌물, 분식회계가 밝혀지면서 결국 한보그룹이 부도가 났다. 이것이 국가신용도까지 떨어트리면서 그해 IMF 경제위기가 초래됐다.

다고 답하면서 말했습니다. "누구한테 줬는지 밝힐 수는 없지만, 우리가 제공한 자금을 거부한 사람은 한 명 있었습니다. 새정치민주연합의 정세균입니다."

당시 언론에서 인터뷰하자는 제안이 많이 들어왔었지요. 다 거절했어요. 내가 무슨 도덕적으로 우월해서 유혹을 뿌리칠 수 있었던 것도 아니고, 당연한 일을 기사화하는 것도 바람직하지는 않다고 생각했어요. 당시 사회가 몹시 혼란스러웠고 주위 정치인들도 힘들어하던 시절이었습니다. 혼자 정치하는 게 아니라 여럿이 함께 정당정치를 하는데 이런 걸로 자랑하고 다니는 게 좋은 모습 같지는 않더군요.

지금도 그때를 생각하면 아주 간담이 서늘하긴 합니다. 상자를 받았으면 그건 '종합선물세트'가 아니라 '종합독약세트'가 됐을 겁니다. 큰 망신을 당했겠지요. 정치도 오래 못했을 겁니다. 그때 그런 일이 있고 나서는 검은 돈이 아예 접근을 안 합니다. 정치인으로는 굉장한 행운이지요.

노사정위원회

1997년 12월 24일 크리스마스이브가 생각납니다. 저는 당시 초선 국회의원으로 재경위원회에 소속되어 있었습니다. 법안심사 소위원회가 그 시간에 회의를 했어요. 법안심사를 했습니다. IMF에서 이러저러한 법을 언제까지 만들어라 했고, 그게 구제금융의 조건 중 하나였어요. 크리스마스이브에 법안심사를 하면서 참 비통한 심정에 젖었습니다. 그때 이런 말을 했던 게 기억납니다.

"참으로, 우리나라가 구제금융 대상이 되니까 비통한 마음입니다. 크리스마스이브에 이렇게 일을 해야만 하는데, 이것이 강요된 게 아니라 우리 스스로 나라를 위해 일하는 거라면 참 즐거웠을 텐데… 이렇게라도 하지 않으면 안 되는 운명에 정말 눈물이 납니다. 지금 미국 국회의원들은 이미 캐리비안에 가서 휴가를 즐기고 있을 것입니다. 나라를 잃은 슬픔이나 경제적인 주권을 잃어버리는 거나 별 차이가 없어요. 진짜 우리가 정신을 차려야 합니다."

아주 눈물 나는 상황이었어요. 그때 소위 말하는 신자유주의적인 입법을 강요받았습니다. 우리는 그렇게 하지 않으면 안 되는 상황이었어요. 내가 소속되어 있던 재경위에서 주로 금융 관련 입법들을 다루고 있었기 때문에, 더욱 참담한 상황이었습니다. 김대중 대통령께서 당선자 시절 한광옥 부총재와 저를 고양시 일산의 자택으로 불렀어요. 저희들한테 노사정위원회의 필요성을 말씀하셨습니다. 그때가 기업은 다 망하고, 노조는 계속 저항하고, 직장은 자꾸 없어지고, 난리가 났을 때 아닙니까. 그러니 노·사·정 위원회를 만들어서, 노동계, 경영계, 또 정부, 이렇게 위기 극복을 위한 대타협을 해야 된다는 취지였어요. 그 말씀이 계기가 돼서 노사정위원회를 만들었습니다. 한광옥 부총재가 위원장이 되고 제가 간사위원이 되었습니다.

노사정 대타협을 해야 하는데, 이게 쉬운 일입니까? 노조를 설득하는 게 특히 어려웠지요. 정말 밤을 세워가며 일했어요. 노사정 본위원회가 있고, 그 밑에 실무위원회라는 게 있어요. 주로 실무위원회에서 협상을 해요. 본위원회는 의결하고 토론하는 정도만 하고요. 실무위원회 협상에 진전이 없으면 계속 기다려야 했어요. 빨리빨리 진척시켜야겠다는 마음이 무색하게 기다리고 또 기다리는 힘든 과정이었습니다. 어찌 되었든 노사정 대타협을 이루어 냈지요. 노사정위원회 2기는 김원기 고문이 맡았습니다. 그때도 저는 간사위원이 되었습니다. 노사정위원회는 여당뿐만 아니라 야당 간사위원도 위촉됩니다. 상대방 위원이 김문수 씨였어요. 김문수 의원이 어떻게나 애를 많이 먹이는지 위원회가 돌아가지 않는 거예요. 그냥 계속 자기 발언만을 하더군요. 위원장이 이의 없습니까라고 물으면 또 이의 있다 그러면서 하여튼 상대하기 힘든 사람이었어요.

1998년 여름, 현대자동차에서 아주 큰 파업이 있었습니다. 노사정위원회가 그 파업을 중재하러 내려갔어요. 그때 팀장이 노무현 부총재였습니다. 완전 폭풍전야였지요. 다른 사람들은 노조하고만 대화하면 되는데, 나는 노조와 협상할 때에도 참여하고 경영자 측과 협상할 때에도 참여해서 양쪽 소통을 해야 했어요. 그러니까 잠을 거의 못 잤지요. 근근이 합의를 해서 서울에 올라왔는데 찬바람이 쌩쌩 불었습니다. 너희들 그따위로 중재하고 왔느냐는 비판을 들었습니다. 노조도 불만, 사측도 불만을 표현했습니다. 그래도 36일간의 극한투쟁을 끝냈으니 다행이었지요.

국회재경위 간사를 맡으면서 노사정위원회에서 활동했던 그 시절이 내 인생에서 가장 열심히 일하던 때였다고 생각합니다. 직장인 시절의 일벌레는 아무것도 아니었어요. "야, 내가 고등학교 3학년 때 이렇게 공부를 했으면 대학 입시에 안 떨어졌겠다."라거나 "대학교 때 이렇게 공부를 했으면 고시를 열 번도 더 합격했겠다."라고 말할 정도였으니까요. 그 노사정위원회가 이명박, 박근혜 두 정부 시절에는 그야말로 문패만 있지 아무 역할이 없었지요. 문재인 정부 들어 와서 발전적으로 해체했어요.[2] 그래도 노사정위원회 덕분에 또 온 국민의 힘으로 1997년의 외환위기를 잘 극복해 냈고 시절도 꽤 지났습니다. 이제는 제 기억 속의 보람으로 그 시절이 자리잡고 있습니다.

2 사회적 대화를 모토로 대통령 소속 '경제사회노동위원회'로 바뀌었다. 근거법률은 경제사회노동위원회법이다.

국민기초생활보장법

국민의 정부 출범 초기에 IMF 위기상황을 극복하느라 정말 힘이 들었습니다. 국민들 모두가 힘을 모았지요. 1999년의 일입니다. 이제는 꽤 시간이 흘러서 사람들이 잘 기억하지 못합니다만, 국가적으로 가장 힘든 그 시절에 대한민국 복지가 시작되었습니다. 국민기초생활보장법이 만들어졌지요. 대한민국 복지의 효시입니다. 김대중 대통령의 주문[3]으로 입법을 하게 되었는데 처음에는 잘 모르고

---

3 김대중 대통령은 1999년 6월 21일 지방순회 도중 울산에서 기초생활보장법 제정 방침을 선언했다. '울산 발언'이라고 기록된다.

시작했어요. 정책기획단을 만들었지요. 학자도 모시고 정부도 참석했습니다. 스무 번 정도 모임을 했어요. 뭔가 잘 몰라도, 아니, 뭔가 잘 모르니까, 방향과 목적을 정해서 열심히 공부하고 더 연구하고 했던 것 같아요. 땀 좀 흘렸지요. 국민기초생활보장법이 제 의정활동 중에서 가장 보람 있는 법입니다. 세월이 흘렀지만 지금도 자부심을 가지고 있는 법이지요. 사회복지를 위해 일생을 건 분들, 그런 운동가들이 있었기에 가능한 법이기도 했습니다.

당시 한나라당이 매우 반대했습니다. 여당 원내총무인 박상천 씨가 한나라당을 설득했어요. 이런 논리였습니다. "야, 그래도 이런 법은 우리가 보수건 진보건 이런 거 가리지 않고 굶어 죽는 사람은 구제해야 될 거 아니냐. 그리고 너희들이 이걸 반대해도 결국은 통과가 될 텐데, 그러면 나중에 반대했다는 오명만 뒤집어쓰니까 차라리 같이 하자."

사실 당시에는 복지 얘기를 하면 빨갱이로 몰리기 십상이었어요. 아니면 우리가 복지를 논할 형편이 되느냐며 이런

저런 반대가 심했지요. 그래도 얼굴을 맞대며 토론을 하다 보면 안될 것 같은 상황도 해결할 수 있습니다. 자기 구호를 외치는 것도 좋지만 남을 정성껏 설득하는 일도 이렇듯 중요합니다.

현재 이 국민기초생활보장법도 완벽하지는 않습니다. 기초법에서 부양의무자 기준[4]이 맹점이에요. 사각지대도 생기고, 도움이 꼭 필요한 사람이 혜택을 받지 못하는 건 잘못된 일이지요. 속히 개선해야 합니다. 없는 것도 만들어 냈다면 있는 것을 더 좋게 고칠 수 있지 않을까요?

---

4 국민기초생활보장법 제2조 제5호는 "부양의무자란 수급권자를 부양할 책임이 있는 사람으로서 수급권자의 1촌의 직계혈족 및 그 배우자를 말한다."고 규정되어 있고, 제3조 제2항은 부양의무자의 부양을 이 법의 급여보다 우선하여 행하는 원칙을 규정하고 있다. 부양의무자가 있으면 제7조 제1항의 생계급여, 의료급여, 교육급여를 받지 못한다. 따라서 부양의무자의 부양이 실제로는 행해지지 않더라도 단지 부양의무자가 있다는 이유로 이 법의 도움을 받지 못하는 일이 발생한다.

의약분업

지금이야 '약은 약사에게, 진료는 의사에게'라고 생각하지요. 옛날에는 그러지 않았습니다. 의사 처방 없이 약국에 가서 아무 약이나 구할 수 있었어요. 병원에 가면 진료도 받고 약 처방도 받았지요. 의료기관이 절대적으로 부족해서 약국이 병원 역할을 하던 시절이었습니다. 벌써 먼 옛날 이야기가 됐습니다. 항생제와 주사제 같은 의약품 오남용 문제는 국민 건강을 위해서라도 정치가 꼭 해결해야 하는 문제였어요. 하지만 워낙 의사와 약사가 팽팽하게 싸우니까 당시 정치인들은 선거에서 불리할까 봐 섣불리

다루지 못했지요. 김대중 대통령의 국민의 정부가 돼서야 정치가 결심한 거예요. 의약분업이 시행됐습니다. 그때 저는 새정치국민회의의 정조위원장이었어요. 의약분업을 시행하기 위한 입법활동은 제가 주로 맡았습니다. 의사들의 반대가 너무 심했어요. 의사들이 정부와 힘겨루기를 했습니다. 큰 시위도 있었지요. 전국의 병의원이 단체로 휴진하기도 했고, 의대생들이 수업거부를 하기도 했어요. 표 떨어지는 소리가 아주 크게 들렸습니다. 하지만 정치라는 게 그런 거예요. 설령 정치적으로 불리하더라도 국민을 위해 결단을 해야 하는 순간이 오거든요. 정치인이 결단을 유보하면 누가 결단을 하겠습니까. 가끔은 유불리가 중요하지 않습니다.

정치의 본령

진실·화해를 위한 과거사정리기본법[5]이라는 법률이 있습니다. 2005년 제가 열린우리당 원내대표를 맡고 있을 때 여야 합의로 통과시킨 법률입니다. 그때 큰 파동이 있었지요. 우선 한나라당이 매우 반대했어요. 반대하는 사람들을 잘 설득해야만 했습니다. 한나라당 원내대표를 맡고 있던 강재섭 씨와 협상한 끝에 과거사법을 통과시키기로 합

---

5 약칭 '과거사정리법' 제1조는 다음과 같이 규정되어 있다. "이 법은 항일독립운동, 반민주적 또는 반인권적행위에 의한 인권유린과 폭력·학살·의문사 사건 등을 조사하여 왜곡되거나 은폐된 진실을 밝혀냄으로써 민족의 정통성을 확립하고 과거와의 화해를 통해 미래로 나아가기 위한 국민통합에 기여함을 목적으로 한다."

의했는데 당 지도부에서 반대하는 거예요. 우리 당이요. 부족하다는 거예요. 과거사를 좀더 화끈하게 단죄할 수 있어야 되는데 이건 부족하다는 말씀이었습니다. 하지만 정치가 어느 당 마음대로 되는 게 아니잖아요? 반대쪽과 합의한 거니까 그렇게는 잘 안되는 것이지요. 하지만 열린 우리당 지도부는 여야 원내대표가 합의한 내용을 두고 지도부 회의에서 크게 반대했습니다. 당시 열린우리당은 투톱 체제였어요. 원내는 원내대표가 완전한 권한을 갖고, 당은 당의장이 맡는 시스템이었습니다. "원내는 내가 결정합니다. 당 지도부의 말씀은 참고하겠습니다. 하지만 결정에 대해서는 내가 책임을 지겠습니다."라고 말했지요. 결국 과거사법을 통과시켰어요. 욕을 엄청나게 많이 먹었습니다. 그냥 누더기법이라고요. 같은 당 내에서도 그렇고, 시민사회로부터도 욕을 먹었습니다. 백을 해야 하는데 오십이 뭐냐는 비난이었습니다. 그러려면 차라리 하지를 말지라는 말도 있었습니다. 그때는 내가 뭐라고 해도 반대하시는 분들에게는 들리지 않는 거예요.

당시 내 생각은 이랬습니다. 그때가 2005년인데, 노무현 대통령의 임기가 2007년에 끝난단 말이에요. 그래서 '지금 내가 과거사법을 못 만들면 과거사법은 없는 거다'라고요. 설령 2006년에 과거사법을 만들더라도 대통령 임기 중에는 연장을 못해요. 진실규명위원회는 2년을 활동하고 또 2년을 연장하는 것이었는데, 임기 중에 활동을 연장시키려면, 조금 부족하더라도 과거사법을 만드는 게 옳다는 거지요. 여기서 저의 정치철학이나 정치색깔이 나오는 거예요. 저는 대화와 타협을 통해서 그래도 무언가를 이루어내는 게 '정치의 본령'이라고 보는 입장입니다. 선명성을 내세우다가 아무것도 못하는 것은 지혜롭지 못하다는 게 저의 소신이에요.

당시 제일 격렬하게 반대한 사람이 임종인 의원이었습니다. 동향 후배이며 대학교 후배이기도 해요. 아주 심하게 반대했어요. 나중에 임종인 의원이 한미 FTA를 반대한다며 국회에서 텐트를 치면서 농성을 할 때였어요. 그때 격려차 가서 임종인 의원한테 물었습니다. "종인아, 넌 지금도 과거사법이 잘못되었다고 생각하냐?" 그랬더니 "아이, 형님 그때 잘하셨습니다."라고 답하더군요. 시간이 흐르자 사람들이 말합니다. 그때 정세균이 안 했으면 과거사법은 없다고요. 옛날에 잘못됐던 과거사들이 얼마나 많습니까? 진상을 규명하는 이 법이 있었기 때문에 진실을 찾는 일이 가능한 거예요. 만일 그때 여야 합의로 과거사법을 통과시키지 못한 채, 이명박 정권으로 넘어갔으면 과거사법은 없었을 겁니다. 그랬다면 우리나라의 슬프고 억울한 과거사에 대한 진상규명은 이루어지지 못했겠지요.

지금 생각해 봐도 정말 고통스럽게 욕을 얻어먹었습니다. 나중에는 그게 칭찬으로 바뀌었지만요.

번지면 좋은 거요

국회가 존재하는 한 청소를 안 하고는 못 배깁니다. 국회 청소노동자의 자리는 어쩌면 영원히 존재할 자리가 아닐까요. 예전에는 그분들도 국회공무원이었어요. 그랬다가 어느 시점에선가 유행처럼 그 자리를 외부 업체에 용역을 주고 말았지요. 원래 국회 소속 노동자였다가 용역업체 소속 노동자가 된 거예요. 국회에서 애쓰며 일을 해도 그 신분은 국회 직원은 못되고 용역업체 신분입니다. 가슴에 국회 마크를 달고 일하고 싶다, 국회 직원으로 해달라는 게 그들의 오랜 꿈이었습니다. 원래부터가 정규직이었습니다. 역대 국회의장들이 그렇게 해주겠다고 약속했지만 누구도 그 약속을 지키지 않았지요. 그 이유는 매우 간단했습니다. 정부가 반대하니까. 기재부가 동의를 해주지 않는다고 하니까.

이 문제는 국회의 위상과도 관련됩니다. 국민을 위해, 국민의 꿈을 위해 일하는 국회가 그저 행정부가 동의해주지 않는다고 자기들 문제를 간단히 덮어두다니, 제대로 된 국회의 위상과는 걸맞지 않는다고 생각했어요. 국회의원들이 평소 비정규직 노동자를 정규직화되도록 힘쓰겠다고 공언해 왔다면, 그리고 그 말이 빈말이 아니라면, 자기 바로 앞에 놓인 문제를 해결하기 위해 노력해야 하지 않겠어요? 국가예산을 더 쓰는 것도 아니었습니다. 어차피 청소노동자의 임금은 용역비 명목으로 예산이 편성되어 있어서 그걸 인건비 명목으로 바꾸기만 하면 되었지요. 국회 청소노동자들의 꿈을 이루어주는 게 어렵지 않음에도 행정부가 반대한다는 이유만으로 쉽게 포기하고 외면하는 건 아무래도 올바르지 않다고 생각했던 것이지요.

나는 국회의장이 된 다음에 이 약속을 꼭 이행해야겠다
고 생각했습니다. 사람들은 약속을 쉽게 생각하지만 실
제로는 까다로운 거예요. 약속을 지키려면 말만으로는 안
됩니다. 작전도 필요하고 의지도 필요해요. 먼저 노조와
협상부터 했습니다. 임금은 어떻게 할 것이며, 정년은 또
어떻게 할 것인지, 모든 걸 다 합의해 두었어요. 성급히 의
지만 앞세우면 조삼모사가 됩니다. 사람들이 챙길 것은
챙긴 다음에 또 다른 것이 나와서는 협상이 틀어지곤 하
지요. 노사협상이 안되면 국회가 아주 난처해집니다.

이렇게 내부를 정리한 다음에는 행정부와의 싸움이었습
니다. 기재부 예산실장도 부르고 부총리도 부르고 차관
도 불렀지만 아무리 해도 안 되더군요. 당시 황교안 총리
를 만나서 얘기하고, 청와대 정책수석한테도 비서실장에
게도 얘기를 했는데 그래도 안 되었습니다. '국회가 그걸
정규직으로 하면 이게 국가 전체적으로 번져나갈 우려
가 있어서 안 된다'는 게 반대의 요지였어요. 나도 답했
습니다.

"번지면 좋은 거요."

그 사람들이 봉급을 더 달라는 것도 아니고, 용역직에서
국회직으로, 정규직으로 예전처럼 바꿔달라는 것일 뿐인
데 아무리 설득해도 안 되는 거였어요. "그래요? 그럼 한
판 붙어봅시다. 이걸 안 해주면 예산안이 예결위에서 넘
어와도 나는 본회의에 상정하지 않을 거요. 그리고 국민
들께 이것 때문에 못 한다고 얘기하겠소. 그러면 내가 옳
은지 아니면 당신들이 옳은지 국민 앞에서 싸움을 해 봅
시다. 내가 정치생명을 걸고 한판 붙겠소."

결국 행정부가 동의해 줬습니다. 국회 청소노동자들이 용
역업체 소속에서 국회 소속으로 그 신분이 바뀌었습니다.
원래 봉급에 용역회사가 가져가는 용역비를 더해줬어요.
국가 예산을 한푼도 더 쓰지 않았습니다. 난리가 났지요.
이 사람들이 좋아서 눈물을 흘렸어요. 국회의장이 마치
청소노동자의 '친정오빠'가 된 것인데, 이게 보통 노력으
로 된 게 아닙니다. 고용의 질을 높이고, 사람들이 좀 안전
하게 일할 수 있도록 하는 일이 이렇게도 어렵답니다. 우
선 쉽게 포기하지 않는 게 중요합니다.

메르스

2015년 대한민국에서 메르스가 유행했을 때의 일입니다.[6] 정말 무척이나 부끄러웠지요. 우리나라에서 내로라하는 병원에서 집단감염이 발생하니 자존심이 상하는 일이었습니다. 박근혜 정부에서 황교안 씨가 총리를 맡고 있었을 때였어요. 당시 트위터가 유행이어서, '정부는 괴담 잡

---

6 2015년에 유행한 중동호흡기증후군(Middle East Respiratory Syndrome: MERS)은 5월 20일 첫 환자가 발생해서 6월 초에 감염자가 급증하기 시작하여 185명으로 늘었으며 그중 38명이 사망했다. 국가별 감염자 수는 사우디아라비아(1,373명 감염, 586명 사망) 다음으로 세계 2위를 기록했다. 당시 영국 4명(3), 독일 3명(2), 프랑스 2명(1), 미국 2명(0), 이탈리아 1명(0) 등의 감염자 현황(괄호 안은 사망자)과 비교할 때 한국의 메르스 감염실태는 지나치게 안 좋았다.

는 데 전념하지 말고 메르스 잡는 데 전념해 주길' 바란다는 내용으로 트윗을 쓰기도 했어요. 방역 대책에 대한 준비가 안된 상황이기도 했지만 무엇보다 정보를 전혀 공개하지 않으니 괴담이 난무했습니다. 국민들은 감염병에 불안해했지요. 불안하니까 괴담이 유행하는 거예요. 감염병이 유행할 때에는 정부가 앞장서서 정보를 투명하고 개방적으로 신속하게 공개해야 합니다. 그런데 정부는 진실을 밝혀서 괴담을 없애기보다는, 괴담을 마치 정치적인 공격으로 치부하고 대응했으니 국제적인 망신을 당하고 말았던 것이지요.

한일관계의 패러독스

요즘 한일관계는 되는 게 없습니다. 우리가 무슨 일을 하든지 상대를 잘 만나야 해요. 매사가 그래요. 그런데 우리 입장에서는 상대방이 좋지 못합니다. 예전에는 선린우호 관계를 중요하게 생각했던 일본 총리가 적지 않았습니다. 오부치 게이조, 무라야마 도미이치, 하토야마 유키오 총리 같은 분도 있었지요. 하지만 지금은 상대방이 한반도를 적대시할수록 인기가 올라가는 분위기여서 앞이 안 보입니다.

예전에 이런 말을 한 적이 있어요. 아베 씨가 총리를 하던 시절이었습니다. '아베 정권은 유한하지만 일본은 영원'하다고요. '영원'이라는 말에 시비를 거는 사람도 있겠습니다만, 어쨌든 오래 지속됩니다. 결국은 아베 총리가 물러난 것처럼 현임 총리도 물러나게 돼 있어요. 한일관계는 지금 시대만이 아니라 앞으로도 오래 갑니다. 우리나라가 다른 곳으로 이사할 수 없는 거 아니에요? 일본도 다른 지역으로 옮겨갈 수 없고요. 그냥 이웃으로 있어야 된단 말입니다. 이웃하고 불편하면, 상대방만 불편한 게 아니라 나도 불편하잖아요? 그러므로 과거사 문제에 대해서는 확고한 입장을 견지하더라도, 다른 협력해야 할 것들은 협력해야 합니다. 경제적으로나 외교적으로나 협력할 게 많습니다. 투 트랙two-track으로 일본과의 협력관계를 잘 유지하는 게 대한민국의 국익에 맞는 일이지요.

한일관계의 패러독스라고 할까요. 원래는 외교를 잘하고 이웃국가와 잘 지내면 국민들이 잘한다고 칭찬을 해야 하는데, 한일관계는 그렇지 않잖아요? 우리 정부가 일본을 막 때리면 점수가 올라갑니다. 마찬가지로 일본 정부가 국내문제로 어렵다가도 한반도 문제가 생겨서 한반도를 공격하면 일본 정부의 인기가 올라갑니다. 이게 바람직하지 않은 것이지요. 국가의 지도자들이 이웃국가간의 선린 우호관계를 잘 발전시켜야겠다고 생각하기보다는 상대를 때려서 이득을 취하는 관계라는 게, 참 바람직하지 않은 관계입니다.

훈센 총리

정치를 하면서 여러 나라 인물들을 만났습니다. 그중에서 캄보디아의 훈센 총리가 생각나요. 참여정부 시절 장관할 때의 일입니다. 당시 노무현 대통령과 훈센 총리가 정상회담을 했어요. 나는 산자부 장관으로 배석했습니다. 캄보디아의 독재자라고들 말하잖아요? 그런데 그 훈센 총리가 대한민국 정부의 ODA[7], EDCF[8] 지원을 극대화하기 위

7 Official Development Assistance. 정부개발원조 또는 공적개발원조. 정부를 비롯한 공공기관이 개발도상국의 경제발전과 사회복지 증진을 목표로 제공하는 원조를 뜻한다.

8 Economic Development Cooperation Fund. 대외경제협력기금. 개발도상국의 산업화 및 경제발전을 지원하고 한국과 이들 국가 간 경제교류를 증진하기 위해 설치한 한국수출입은행 내 정책기금을 말한다. 개발도상국 정부 또는 법인에 대한 다양한 차관 지원으로 활용된다.

해서 정말 열과 성을 다해 노무현 대통령을 설득하려고 했어요. 훈센 총리가 노무현 대통령 앞에서 캄보디아 인민을 위해 애쓰고 노력하던 모습이 지금도 인상적으로 남아 있습니다. 우리도 외국에서 원조를 많이 받던 시절이 있었습니다. 불과 몇십 년 전의 일이에요. 당시 우리 정치인이나 공직자들도 해외에 가서 저러하지 않았을까 생각하니 연민의 정을 느꼈습니다. 노무현 대통령도 감복했을 거예요. 그 후로 대한민국 정부가 캄보디아에 지원을 많이 합니다.

소년의 꿈

옛날 얘기 좀 해보겠습니다. 저는 '어쩌다 정치인'은 아닙니다. 어린 소년 시절부터 '정치인'이 되겠다고 다짐했으니까요. 생긴 건 소프트하지만 집념이 있습니다. 물론 집념만 있는 게 아니라 체념도 좀 있지요. 막히면 돌아갑니다. 체념 이야기를 먼저 해보겠습니다.

법대생이 돼서는 당연히 고시공부를 해야겠다고 생각했습니다. '사법시험에 합격해서 인권변호사를 하면 좋겠구나'라는 생각이었지요. 그런데 학창시절 〈10월 유신〉[9]이 생겼어요. 헌법 책이 유신헌법 책으로 바뀌었습니다. 친구들이 유신독재에 맞서 저항하다 감옥에 잡혀가던 시절이었습니다. 철창 사이로 감옥에 갇힌 동료의 얼굴을 보면서 장차 인권변호사가 돼서 정치에 투신해야겠다고 결심하기도 했지요. 그래서 총학생회 일을 마친 후에 중앙도서관에서 고시 공부를 시작했는데, 어느 날 친한 친구가 와서는, "야, 우리가 민주헌법이 아닌 유신헌법을 가지고 공부하다니, 이런 고시에 합격한들 그게 무슨 의미가 있겠냐. 우리 그만두자."라고 말했습니다. 가만히 생각하니 맞는 말이잖아요? "그래, 니 말이 맞다. 함께 그만두자." 그렇게 해서 고시공부를 그만뒀습니다. 인권변호사의 꿈이 사라지던 순간이었습니다. 그런데 그 녀석은 나중에 배신을 해요. 자기만 고시공부를 해서 합격했답니다. 지금도 변호사를 하고 있습니다.

....

9 1972년 10월 17일. 박정희 대통령은 국회를 해산하고 정당과 정치활동을 중지시키는 등 위헌적인 조치를 취했다. 대통령 직선제를 폐지하여 국회에서 대통령을 뽑도록 하고 연임 제한도 없애 종신 대통령이 가능하게 헌법 규정을 바꾸면서 대통령에게 헌법효력을 정지시키는 긴급조치권, 국회 해산권, 법관 임명권 등을 부여하여 대통령이 모든 권력 위에 군림하도록 보장하는 내용의 헌법을 만들었다. 그것이 바로 '유신헌법'이었다.

어쨌든 이제 무엇을 하지? 당시 언론인 출신으로 정치에 입문하는 사람들이 제법 있었습니다. 그래, 언론인이 되자. 당시 김상협 선생이 고려대학교 총장을 하고 계셨는데 그 총장님께서 저를 동아일보에 추천해 줬습니다. 내락을 받았지요. 그래서 마음의 준비를 하고 있었는데 느닷없이 갈 수 없게 됐어요. 그때 〈동아일보 광고탄압사건〉[10]이 생겼습니다. 그 일로 동아일보사는 신입 기자를 뽑을 형편이 못되게 됐습니다. 언론인의 길이 막히고 말았어요. 다시 체념했지요. 그럼 이제 어떻게 할까? 종합무역상사에 가서 수출의 역군이 돼야겠다고 생각했습니다.

종합무역상사에 가면 외국에 나갈 기회가 있겠고, 그러면 외국에서 야간에라도 공부하면서 정치인이 되는 디딤돌을 마련하자, 이렇게 생각해서 쌍용에 취직했습니다. 그때가 1978년이었습니다. 신입사원으로 취직하고 보니까 너

10 1974년 10월 25일자 동아일보에 유신독재의 광폭한 언론탄압에 항의하는 기자들의 시국선언이 게재되고 이후 금기되었던 야당 인사에 관한 보도도 기사로 나오게 되자, 위협을 느낀 박정희 정권이 기업을 압박하여 동아일보에 신문광고를 하지 못하도록 했다. 그해 12월 26일자 동아일보는 백지 광고 신문을 발행했다. 다음 해 봄, 동아일보사는 기자와 사원을 대규모로 해고하면서 박정희 정권에 굴복하였다.

무 바빴습니다. 너무 바빠서 다른 것을 쳐다볼 겨를이 없었어요. 심부름부터 했습니다. 서류를 블루프린트로 카피 뜨는 것부터 시작했지요.

1982년 봄에 주식회사 쌍용의 미국 주재원으로 발령받았습니다. 뉴욕지사에 파견되어 미국 생활을 하게 된 것이지요. 주재원 자격을 얻으려고 정말 일벌레처럼 일했습니다. 뉴욕에서 4년을 보냈고, LA에서 5년을 보냈습니다. 세계 최고의 도시에서 30대를 보냈으니 행운이었고 유복했지요. 그 당시에는 한국의 주재원들이 현지에 정착하는 경우가 굉장히 많았습니다. 파견 임기가 끝나더라도 한국으로 돌아가지 않곤 했습니다. 왜냐하면 미국이 더 기회가 많았으니까요. 당시 나는 미국에서 MBA까지 했고 적지 않은 세월을 미국에서 보냈기 때문에 미국 영주권을 쉽게 얻을 수 있었습니다. 하지만 그러고 싶지 않았어요. 그럴 생각을 전혀 안했지요. 대한민국에 꼭 돌아가서 언젠가 정치인이 되겠다는 집념이 있었으니까요. 물론 미국에 눌러앉아서 조금 편하게 사는 것도 괜찮겠다는, 가끔 '이거 좋네. 봉급도 많이 받고, 이렇게 좋은 곳에서 사는 것도 좋겠네.'라는 생각이 들기도 했어요. 그러다가도, '아니야. 꿈을 포기하면 죽어서도 눈을 못 감을 거야' 하면서 생각을 고쳐먹었지요. 꿈을 이루기 위해서는 일편단심이 필요하니까요.

결국 일반 직장인으로는 드물게 정치 입문에 성공했고 국회의장과 국무총리까지 하게 됐으므로 정치인이 돼야겠다는 시골 소년의 꿈은 아주 잘 이루어졌지요.

노인의 꿈

노인들은 그저 다음 세대 걱정뿐이지요.

한국전쟁 이후에 우리 대한민국의 아들딸들은 엄마 아빠보다 계속 부자가 되어 왔습니다. 그런데 우리 다음 세대는 우리보다 가난해질 것 같아요. 나는 그게 걱정이에요. 지금 세대를 정점으로 다음 세대가 가난해진다면 이거 정말 면목이 없는 게 아니냐는 생각이 들어요. 노인들이 가난했던 어린 날을 생각하면서 좋은 인생이었다고 추억할수도 있지만, 그건 어디까지나 우리 다음 세대들을 걱정하지 않아도 될 때의 일이니까요. 국회의원을 여섯 번이나 했고, 국회의원 중에서도 경제에 밝은 전문가라고들 하고, 국회의장에 국무총리까지 한 사람으로서 만약 다음 세대가 지금 세대보다 가난해진다면 그 책임을 내가 지어야 하는 게 아닌가 하는 생각에 두렵습니다. 그래서 어떻게든 내가 일을 하는 동안에는 우리 다음 세대가 우리보다 더 부자가 되는 세상을 만들자, 이게 나의 가장 큰 숙제입니다. 이 숙제를 하고 은퇴하는 게 꿈입니다.

민주투사에 대한 존경심

1970년대 박정희 치하에서는 기본적인 인권이 말살된 상황이었기 때문에 당시에는 저항하지 않으면 제대로 된 청년이라고 생각하지 않았습니다. 저항하는 방법은 각자 달랐지만 모두가 독재정권에 항거하면서 지냈어요. 가해자와 피해자가 분명한 시대였어요. 저도 학보사 기자로 저항정신을 키웠고, 또 고려대학교 총학생회장을 하면서 나름대로 투쟁을 했는데, 그렇다고 아주 선두에서 대단한 투쟁을 하지는 못했어요. 대학졸업 후 군복무를 마친 다음 1978년에 종합상사에 취직했는데 당시 종합상사가 다른 직장보다 월급을 많이 줬습니다. 드디어 가난에서 벗어나기 시작한 때였지요. 물론 봉급을 많이 받는 대가를 치러야만 했어요. 매일 밤샘에 주말도 없는 생활이 이어졌습니다. 그러다가 1979년에 박정희 대통령이 암살당했다는 뉴스를 들었습니다. 우리 세대에게 박정희는 증오의 대상이었습니다. 그래서 아주 반갑다가도 나라가 괜찮을까 염려되는 복잡한 기분이 들더군요. 그러다가 전두환 씨가 쿠데타를 일으킨 다음 혼탁한 시대가 이어졌는데 일에 치여 살던 직장인에 불과해서 넥타이 부대 역할만 했을 뿐이었습니다. 그때가 1980년 '서울의 봄' 시절입니다. 광주에서 자행되었던 비극적인 사건과 광주시민의 항쟁은 한참 후에나 알았습니다. 누구도 알려주지 않았으니까요. 얼마 지나지 않아 미국에 주재원으로 파견되었습니다. 전두환 정권 시절에는 주로 미국에서 주재원 생활을 하고 있었던 거지요. 그때 모든 걸 걸고 헌신적으로 희생한 그런 동료들에 대해서는 늘 존경심을 갖고 살았습니다. 그리고 그 존경심이 저의 정치 에너지가 되었지요. 민주투사들의 노력이 있었기 때문에 대한민국의 민주주의가 지금처럼 발전할 수 있었고, 그래서 나 같은 사람도 정치를 할 수 있는 것 아니겠어요? 희생이 있는 곳에서 희망이 자랍니다. 희망은 희생에 빚을 진 거고요. 그래서 그런 친구들, 후배들 또 선배들에게 빚진 마음을 생각하면서 좋은 정치로 빚을 갚아야겠다고 줄곧 생각해 왔습니다.

은퇴를 하면 '선생님'을 해보고 싶어요. 정식 학교는 아니고 인재를 양성하는 사설학교를 생각하고 있습니다. 굉장히 보람을 느끼면서 잘할 것 같아요.

아시다시피 우리 정치는 품위가 너무 없습니다. 마치 양아치 세상과 별 차이가 없는 것처럼 느낌을 주는 게 우리 정치판입니다. 염치도 체념도 인정머리도 아무것도 없는 판이거든요. 아마 깡패집단 빼놓고 정치인보다 말을 험하게 하는 집단이 없을 거예요. 깡패집단도 욕이나 좀 하지

남의 마음을 후벼 파고 모욕하고 뒤집어씌우고 그러지는 않을 것 같아요. 정치가 알게 모르게 우리 사회에 미치는 영향이 큽니다. 정치인이 어떻게 행동하고 어떻게 처신하고 말하느냐에 따라 사회가 달라져요. 그래서 다음 세대를 위해 좋은 정치인을 양성하는 정치학교를 열어보고 싶은 것이지요. 정치인의 말부터 시작해서 정치인의 행동과 태도까지 교육하는 커리큘럼을 생각하고 있어요. 물론 정책과 실력까지 포함해서요.

젊은 세대 정치인을 생각하며

정치는 아무나 하는 건 아닌 것 같아요. 사명감을 갖고 정치를 해야겠다고 생각하는 사람들이 정치를 했으면 좋겠습니다. 그런 사명감이나 소명의식이 없으면 정치를 하는 일이 굉장히 힘들고 성과를 내기가 어렵습니다. 출세수단으로 해서는 안 되는 일 같아요. 차라리 다른 곳에서 돈을 벌어 그 돈으로 좋은 일을 하는 게 낫습니다. 왜냐하면 정치는 품삯이 안 나오는 일이기 때문이에요. 정치인은 365일 일하는 직업이고, 가성비가 낮은 업종이에요. 어려서 정치인이 돼야겠다고 다짐해서 결국 정치인이 되었는데 막상 해보니까 예상보다 훨씬 어려웠어요. 절대적으로 일이 끝이 없어요. 물론 안 하면 그만입니다. 하지만 하려고 하면 일은 항상 있고 계속 생겼으니까요. 나중에는 어느 CEO가 나보다 일을 많이 할까 하는 생각도 들더군요. 내가 세상을 더 좋게 바꿔야겠다고 생각하는 사람, 가진 것도 없고 배운 것도 부족하고 능력도 떨어지는 사람들을 내가 도와야겠다, 가난하고 힘없는 사람들에게 힘이 되어야겠다고 생각하는 사람이 정치를 해야 합니다.

돈? 옛날에는 돈이 없으면 정치를 할 수 없었어요. 돈과 정치는 불가분의 관계였으니까요. 하지만 지금은 선거공영제가 됐고, 돈으로 정치하는 시대는 끝났습니다. 경제적으로 넉넉하지 않아도 직업정치인이 될 수 있는 시대입니다. 쓴맛을 계속 보면 곤란하겠지만 그래도 굶어죽지는 않아요. 무엇보다 남을 위해 헌신해야겠다는 사명감이 중요합니다. 타인에 대한 헌신보다는 이기적인 마음과 이해관계에 밝으면 점점 정치하는 게 괴로울 거예요.

제 2 장

바이러스와 싸우다

그 당시
대구 시민들이 갖고 있던
코로나19에 대한 공포는
실로 엄청난 거였습니다.
K 방역은 대구에서 시작된 거예요.
언젠가 대구 사람들을 만나면
위로해 주시고
그때의 일을 칭찬해 주세요.

어쩌다 국무총리

어쩌다 국무총리가 되었습니다.

저는 국가와 국민을 위한 일이라면 총리가 아니라 아주 사소한 일이라도 무엇이든 할 수 있다는 자세예요. 그렇지만 국회의장까지 했던 사람이 총리를 맡는다는 건 바람직하지 않다고 생각했습니다. 외교부의 의전편람이라는 게 있습니다. 거기에 의전서열이라는 게 나와요. 1번이 대통령, 2번이 국회의장, 3번 대법원장, 4번 헌법재판소장, 그리고 5번 국무총리 순서입니다. 외교부에서 의전을 할 때 이

순서대로 해요. 이게 권력서열을 의미하는 건 아니어도 사람들이 그렇게 인식하니까 존중하지 않을 수 없는 겁니다. 국회의 위상도 생각해야 하고요. 2019년 7월 17일 제헌절 아침에 김현정의 뉴스쇼에 출연했을 때였습니다. 김현정 씨가 '정세균 국무총리설'에 대해 묻더군요. 현실적으로 그런 제의가 오지도 않겠지만 제의가 오더라도 입법부의 위상을 감안할 때 수용하기 어렵다고 답했습니다. 그 후로도 사람들이 물으면 택도 없는 일이라고 반응했지요. 전혀 생각하지 않았습니다. 그런데 그런 제의가 '현실적으로' 왔습니다. 위와 같은 이유로 거절하면서 정중하게 다른 분을 추천했지요. 하지만 그게 잘 안 되었어요. 일이 아주 급박하게 돌아갔습니다. 대통령의 제안을 받고 고심한 끝에 나라를 위해 내가 소용된다면 자리의 높낮이를 따지지 않는 것이 공직자의 도리가 아니겠냐는 생각으로 국무총리 일을 수락하게 되었습니다.

곧바로 문재인 대통령은 저를 국무총리 후보자로 지명했습니다. 그때가 12월 17일이었습니다. 대통령께서도 공식 발표를 통해 '입법부의 수장을 지내신 분을 국무총리로 모시는 데 주저함이 있었다고 말씀해 주시면서 국회 청문회에 서게 될 제 입장을 배려해 주었지요.

국무총리 후보자 인사청문회를 준비하는 동안 제 머릿속에는 두 가지 생각으로 가득찼습니다. 경제 활력을 만들어 내기 위해서 '적극행정'을 해야겠다, 정부가 먼저 과감하게 규제를 혁신하자, 경제 살리기에 혼신의 노력을 다하자, 기업하고 싶은 환경을 만드는 데 사활을 걸어야겠다, 이것이 첫 번째 생각이었습니다. 갈등과 분열을 좀 줄이려면 진정성 있는 소통을 해야 하지 않겠나, 소통과 대화로 사회 통합을 이뤄내자, 각계각층의 사람들을 만나서 그들의 마음을 경청하고 서로 대화하는 모델을 만들어야겠다, 이것이 두 번째 생각이었습니다. 통합과 경제, 이 두 가지는 제가 누구보다 잘할 수 있는 일이라고 생각했어요. 경제를 살리고 사회를 통합하는 일은 국가와 국민을 위해 제가 마땅히 짊어질 시대적 사명이라고 여겼던 거지요. 이런 생각으로 1월 14일에 국무총리에 취임했습니다.

그러나 취임 후 일주일도 안 되어 첫 번째 코로나 환자가 발생했습니다. 1월 20일의 일입니다. 그때까지만 해도 코로나19가 세계적 대위기를 초래할 무서운 바이러스라고는 예상하지 못했습니다. 코로나19에 발목이 잡히리라고는, 그래서 내가 하고 싶은 두 가지 일을 제대로 못하리라고는 꿈에도 생각하지 못했지요.

대구에 가자

우리나라에서 첫 번째 코로나19 환자가 생기자 담당 실장을 불러 과거 메르스와 사스가 어떤 양상으로 발현되었으며 어떻게 대처했는지 보고를 받았습니다. 속마음으로는 코로나19가 사스와 메르스 같은 게 아닐까, 하고 생각했습니다. 전 세계적으로 1억 명이 넘는 감염자가 발생하리라고는 누구도 예상하지 못했잖아요? WHO도 3월이 돼서야 '팬데믹'을 선언했을 정도였으니까요. 초기에는 질병관리본부를 중심으로 검역과 방역을 강화했습니다. 중국 우한시를 포함한 후베이성 전역에 여행경보를 발령

하면서 입국을 막고 그곳으로 오가는 항공편을 통제했어요. 우한에 전세기를 보내 우리 교민들을 안전하게 데려오기도 했지요. 해외에 거주하고 있는 우리 국민을 보호하는 것이 정부가 마땅히 해야 할 일이라고 생각했습니다. 그리고 모든 정부 부처가 코로나19 감염 확산에 대응하는 체제에 들어갔습니다. 이때만 해도 방역과 경제 살리기를 동시에 벌여나갈 수 있으리라 생각했지요.

그러다가 2월 18일 대구에서 코로나19 첫 감염자가 발생했습니다. 그 유명한 31번 확진자입니다. 신천지 교회 신도였고, 집단감염이었습니다. 감염자 수는 다음날 11명, 20일에는 34명, 21일에는 84명으로 계속 늘어났습니다. 154명의 감염자를 기록한 2월 22일 대구에 갔습니다. 그날의 풍경을 지금도 잊을 수가 없습니다. 완전히 빈 도시였습니다. 번화가인 동대구역 앞에는 사람 한 명 지나다니지 않았습니다. 상가도 모두 문을 닫고 있었습니다. 하필 비도 좀 내려서 처량함이 이루 말할 수 없었습니다. 이러다가 우리 대구가 중국의 우한시처럼 되는 게 아닐까라는 불안감이 들더군요. 이거 어떻게 하지? 아비규환의

도시를 떠올려 보는데 생각만 해도 끔찍했습니다. 총리라는 사람이 몸으로라도 막아야 하지 않겠나 하는 생각이 절로 들었습니다. 2월 23일 서울로 올라와서 중앙재난안전대책본부(이하, '중대본')11를 설치하고 총리인 제가 직접 본부장을 맡았습니다. 중대본 본부장을 국무총리가 맡은 건 처음 있는 일이었습니다. 그리고 코로나19 위기경보를 '심각'으로 격상하고 범정부 차원으로 더 강력하게 대응하는 시스템을 만든 다음에, 다시 대구에 가야겠다고 결심했습니다. 대구 사람들이 계속 생각났으니까요. 총리인 제가 대구에 가서 그 사람들과 함께 싸운다면 위기를 더 잘 해결할 수 있을 것 같았어요. 특히 부족한 병실 문제를 직접 해결하지 않으면 안 되는 상황이었습니다. 대통령께 전화했지요. 아무래도 대구에 가야겠다고요. 내가 대구에 머물면서 이 상황을 정리해야 될 것 같다고요. 그랬더니 대통령께서 걱정하시더군요. 가는 건 쉬워도 나오는 건 어렵다, 상황이 호전되지 않으면 나오기 힘들 거라고요.

---

11 대규모 재난이 발생한 경우 국가적인 차원으로 대응하기 위해 설치되는 기관으로 국내에서 발생한 재난에 대해서는 행정안전부 장관이 중앙본부장이 된다. 해외에서 발생한 재난의 경우에는 외교부 장관이, 방사능 재난의 경우 원자력안전위원회 위원장이 본부장의 권한을 행사한다. 국무총리가 본부장이 될 수 있으며, 그 경우 장관이 차장이 된다.

— 그래도 도리가 없습니다.

이렇게 말씀드리고 대통령의 허락을 받았습니다. 바로 대구에 갔습니다. 그때가 2월 25일이었습니다. 감염병과 싸우러 가는 심정이었습니다. 싸움터에 가는 사람이 고급 호텔에 머물 수는 없으므로 대구은행 연수원의 낡은 방에서 짐을 풀었습니다. 내 기어이 이 상황을 정리해야겠다는 생각 뿐이었습니다.

우선 병실확보에 온 힘을 썼습니다. 전국 곳곳에서 대구 환자들을 받아줬지요. 목포의료원, 강진의료원, 진안의료원 등 먼 곳에 있는 병원까지 대구 환자들을 보냈습니다. 쉴 틈이 없었어요. 그러면서 대구 의료계와 시민사회에서 일하시는 분들에게도 도움을 요청하고 그분들의 여러 말씀도 경청해서 행정에 반영했습니다. 그 당시 권영진 대구시장을 포함해서 여러 대구 분들이 제게 이렇게 말했습니다. 그때마다 일관되게 답했지요.

— 총리 님은 절대 우리 대구를 떠나시면 안 됩니다. 총리

님이 이곳에 계시니까 대구를 봉쇄하지는 않는 것 아니겠습니까?

— 전혀 걱정하지 마세요. 저는 여러분과 함께 있을 겁니다.

그때의 심정을 말로 다 표현하기 어렵습니다. 3주 동안 머물며 대구 시민들과 함께 감염병과 싸웠지요. 그리고 이겨냈습니다.

임시 병동을 찾아라

대구에 상주하면서 재난상황을 진두지휘하는데 환자들을 수용할 병실이 부족했어요. 일반 병실이야 많지요. 하지만 감염병 환자는 바이러스가 방 밖으로 나가지 못하는 음압병실에서 치료를 받아야 합니다. 그래야 병원 내 집단감염을 막을 수 있으니까요. 그런데 이런 특수병실이 갑자기 늘어나지는 않으니 환자들이 입원할 데가 없는 상황이 발생했습니다. 병원에 가보지도 못하고 죽는 사람이 생기는 것이었습니다. 코로나19에 감염된 환자들의 경중이 사람마다 달랐습니다. 생명이 위급한 중증 환자가 먼저 음압병실에서 치료받아야 했어요. 경증 환자와 중증 환자를 구별하지 않으면 안 되었습니다. 하지만 경증 환자를 수용할 의료 시설이 부족했습니다. 이 일을 시급히 해결해야 했어요. 경증 환자 때문에 중증 환자가 죽음에 이르는 겁니다. 그런데 우리나라 의료법은 병원이 아니면 입원을 못 시킵니다. 새로운 제도를 찾아야 했지요.

그때 도입한 임시 병동이 바로 '생활치료센터'였습니다. 공공기관과 민간기업의 연수원을 생각해냈습니다. 어차피 코로나19 때문에 연수를 못 하니까 그곳을 활용하자는 아이디어였습니다. 워낙 다급한 일이어서 총리인 제가 직접 진두지휘를 하면서 임시 병동을 확보해야만 했습니다. 신속하게 임시 병동을 구해야 했으니까 저도 여기저기 전화를 걸어서 협조를 구했습니다. 자기들 좋은 연수원을 코로나 환자 병실로 쓰는 걸 누가 좋아하겠어요? 하지만 총리가 전화를 거니 일이 빠르게 진행됐습니다. 경주에 있는 현대자동차 연수원은 현대자동차 직원들도 가보지 못한 곳입니다. 아주 간곡히 요청한 끝에 완공과 동시에 생활치료센터가 되었습니다. 그런 다음 전국 곳곳의 의료인력을 생활치료센터에 배치했지요. 생활치료센터는 단순한 격리시설이 아니라 치료시설이었으니까요. 생활치료센터 입소자들을 관찰하면서 필요한 의료 서비스를 제공했던 거지요. 그때 우리 의료진들의 헌신적인 노력을 생각하면 지금도 내 마음이 뜨거워집니다.

3월 2일 대구광역시 동구에 있는 교육부 소속의 중앙교육연수원이 세계 최초의 생활치료센터로 거듭났습니다. 제가 대구에 내려간 지 엿새 만의 일입니다. 그리고 이것이 우리 K 방역의 서막이었습니다. 다음날 경주 농협교육원이 생활치료센터로 변모했습니다. 이어서 삼성인력개발원 영덕연수원, 경산에 있는 중소벤처기업진흥공단 대구경북 연수원, 문경 서울대학교병원 인재원, 칠곡 천주교 대구대교구 한티피정의 집, 칠곡 대구은행 연수원, LG 디스플레이 구미 기숙사, 현대자동차 경주연수원이 생활치료센터로 시설을 제공해 주었습니다. 많은 환자를 수용한 경북대학교 기숙사는 당시 크게 활약한 생활치료센터였습니다. 대구 경북 지역만이 아니었어요. 전국 각지에서 대구 환자들을 위한 생활치료센터가 생겼습니다. 지역

과 지역이 서로 연대한 것입니다. 충남에서는 천안 우정공
무원교육원, 제천 국민건강보험공단 인재개발원, 제천 국
민연금공단 청풍리조트, 충주 기업은행 종합연수원, 보은
사회복무연수센터가, 전북에서는 김제 삼성생명 전주연
구소가 생활치료센터로 변모하여 대구 경북 지역 환자들
을 수용해 주었습니다. 이들 시설이 모범이 되고 경험이
쌓이면서 2020년 한 해 동안 전국 곳곳에서 많은 생활치
료센터가 생겨났습니다.

생활치료센터 덕분에 입원 대기 중 숨지는 사례가 사라
졌지요. 의료체계 붕괴도 막을 수 있었고요. 그 당시 대구
시민들이 갖고 있던 코로나19에 대한 공포는 실로 엄청난
거였습니다. 그렇기 때문에 대구 시민들의 한결같은 인내
가 더 빛났습니다. K 방역은 대구에서 시작된 거예요. 언
젠가 대구 사람들을 만나면 위로해 주시고 그때의 일을
칭찬해 주세요.

총리인가 과장인가

감염병은 예방이 최선입니다. 손을 잘 씻자, 사회적 거리 두기를 하자, 가급적 모임을 하지 말자 등은 마음만 먹으면 누구나 지킬 수 있지요. 하지만 가장 중요한 게 마스크 착용입니다. 이건 마스크가 있어야만 가능한 일입니다. 당시 전 세계적으로 마스크 대란이 일어났지요. 대구에서 감염자가 폭증했을 때 우리도 마스크가 부족해서 이 문제를 국가적 차원으로 해결하는 일이 무척 중대했습니다. 당시 마스크를 확보하느라 동분서주했어요. 현장으로 향하는 차 안에서 지인으로부터 안부전화를 받았습니다.

그때 이렇게 말했지요. "난 말이야, 지금 마스크 과장이야. 앉아서 종이만 봐선 문제가 어떻게 돌아가는지 알 수가 없어. 지금 이 상황은 지위를 따질 데가 아니야."

마스크는 마스크 공장이 만듭니다. 당연한 얘기지요. 문제는 생산량이고 증산이었습니다. 이건 서류에서 이루어지는 게 아니라 현장에서 만들어지는 겁니다. 장관이나 공직자들이 이런 현장 상황을 잘 몰라요. 그런데 내가 기업 출신이고 한때 수출 전사였어요. 공장을 돌려본 경험도 있고 공장도 잘 아니까 직접 마스크 공장들을 찾아 나섰습니다. 가는 공장마다 생산을 독려했습니다. 그리고 생산자들의 애로사항을 들었습니다. 그다음 원자재 공장을 찾아나섰습니다. 마스크라는 게 심플한 물건이에요. 부품이 몇 개 안됩니다. 부직포와 실은 국내에 넘쳐나서 유통을 잘 조정만 하면 되는데, 마스크 안에 들어가는 필터가 없다는 거예요. 그걸 대량으로 수입해야 하니까 이번에는 코트라와 종합무역상사를 푸시해서 수입문제를 해결했습니다. 마스크는 포장해야 합니다. 포장하는 데 일손이 부족한 공장에는 군인들이 돕도록 했지요. '우문현답'입니다. 우리 문제는 현장에 답이 있습니다. 국민의 생명이 달려 있는 상황에서 지위가 뭐 그리 중요하겠습니까. 마스크 문제를 해결하는 그 당시에는 총리가 아니라 과장처럼 돌아다녔던 것이지요.

이때 내가 쓴 정책이 있어요. 마스크 가격을 후려치지 말라는 거였습니다. 당시 조달청이 민간기업으로부터 마스크를 구입한 다음에 그걸 약국에 제공하고 약국이 마스크를 파는 시스템이었습니다. 너무 싸게 사려고 하지 말라고 조달청에 지시했습니다. 자본주의라는 게 인센티브가 있어야 하잖아요? 돈벌이가 되면 밤낮없이 일을 하는 거예요. 이익이 남아야 부품을 비싸게라도 사서 공장을 돌릴 게 아니겠어요? 주말에는 특히 인센티브를 주라고도 말했습니다. 그래야만 마스크를 한 장이라도 더 만들 것이고 더 빨리 마스크 문제가 해결될 테니까요. 공적 마스크 가격이 1,500원이었습니다. 생산자의 이익을 줄이면 가격을 1,400원으로 낮출 수 있겠지요. 1,400원인데 물건을 못 사는 것과 100원을 더 주고라도 물건을 사는 것, 이 두 가지 중에 어느 쪽이 더 적절할까요? 기업에서 오랫동안 일했던 경험이 당시 의사결정을 하는 데 크게 도움이 됐던 겁니다.

마스크 5부제

초기 마스크 대란에 대해 정부는 크게 두 가지 방법으로 대응했습니다. 마스크 증산이 첫째요, 마스크를 국민들에게 골고루 배분하는 것이 둘째였습니다. 보건복지부에서 마스크 2부제를 들고 나왔어요. 홀짝제지요. 국민 절반은 홀숫날에 사고, 나머지 절반은 짝숫날에 마스크를 구입하는 방법이었습니다. 나는 이게 마음에 들지 않았습니다. 홀짝제를 해도 마스크를 구입하려는 줄이 반밖에 줄어들지 않아요. 여전히 줄을 서서 마스크를 사야할 터이니 불편할 게 틀림없고 줄 서서 기다리다가 감염될 수 있으므로 위험한 방법이라고 생각했습니다. 더구나 마스크 증산을 위해 애쓰고 있었지만 생산량을 하루아침에 늘릴 수도 없는 상황이었지요. 2부제를 하면 하루에 2천만 장의 마스크를 확보해야만 수요를 충족할 수 있습니다. 당시 생산능력에서는 이건 안 되는 것이었습니다. 국무회의에는 보건복지부의 마스크 2부제가 상정됐어요. 당시 저는 대구시청에 있었습니다. 화상회의로 국무회의를 주재하면서, 나는 생산능력을 고려하면서 마스크 줄을 더 줄여야 한다는 생각에 5부제를 제안했습니다. 태어난 날짜별로 월화수목금을 지정하고, 토일에는 직장인들이 구입할 수 있는 마스크 5부제가 더 낫지 않겠냐고 국무회의에서 말했던 겁니다. 격론이 붙었습니다.

— 마스크 하나 사려고 5일을 기다리게 할 순 없습니다.
— 2부제는 국가가 국민들에게 거짓말을 하는 겁니다. 지금 생산능력이 이렇게나 부족한데 어떻게 격일로 마스크를 공급한단 말입니까?
— 이미 부처간 협의를 마쳤습니다. 원래 안대로 격일제가 적합하다는 의견이 많습니다.

— 아니, 국무회의가 무조건 안건을 통과시키는 곳입니까? 국무회의에 올라온 안건도 문제가 있으면 개선해나갈 수 있어야지요.

갑자기 총리가 5부제를 들고 나오니까 국무회의에서 이도저도 결론이 안 났습니다. 그날은 7시 반부터 8시 반까지 국무회의를 하고, 8시 반에서 9시 반까지 중대본회의가 예정되어 있었어요. 중대본회의는 국무위원들만 하는 게 아니고 지방자치단체장도 참석해서 전국이 다 연결되는 회의입니다. 어쩔 수 없이 일단 국무회의를 정회했습니다. 그리고 중대본회의를 한 다음에 다시 국무회의를 속회해서 2부제냐 5부제냐를 재차 논의했습니다. 제가 아는 한 이처럼 국무회의를 정회한 적이 정부 역사상 한 번도 없었을 겁니다. 그 정도로 마스크 문제가 중요했던 거지요. 국무총리의 소동이었습니다. 결국 제 안대로 마스크 5부제가 채택되었습니다. 하지만 노심초사했어요. 속으로 이런 생각을 했습니다.

— 이런 소동 끝에 5부제를 통과시켰는데 이게 제대로 안

돌아가면 완전 개망신 아니여?

사나흘 후에 중대본회의를 하는데 충북도지사가 5부제
를 누가 창안했는지 모르겠지만 신의 한수라고 칭찬하는
거예요. 5부제 덕분에 마스크를 사려던 줄도 없어졌다고
요. 그때 안도의 한숨을 쉬었습니다.

DUR 시스템

흔히 '심평원'이라고 불리는 건강보험심사평가원이 있어요. 이 기관에서 의약품 안전사용서비스를 제공합니다. 영어로는 'DUR_{Drug Utilization Review}'이라고 부릅니다. 의사가 환자에게 발급한 처방전과 그 처방전에 따라 약국이 조제한 약까지 환자의 투약이력을 실시간으로 점검하는 세계 유일의 시스템입니다. 국민의 안전한 의약품 복용을 지원하기 위해 국가 차원으로 의약품을 관리하는 이 DUR 시스템 덕분에 마스크 5부제를 실시할 수 있었지요. 개인별 데이터베이스를 활용할 수 있었으니까요. 공적 마스크를 이 시스템에 태우면 마스크를 샀는지 안 샀는지, 언제 샀는지에 대한 개인별 정보가 기록되는 것이지요. 약국은 이 시스템에서 사람들의 구매 이력을 조회할 수 있고요. 그래서 약국을 통해 공적 마스크를 판매했던 겁니다. 시골에 가면 약국이 없어요. 그래서 농협을 활용했습니다. 농협이 이 시스템에 접속하도록 열어준 것이지요. 전국 곳곳에 우체국이 있으니까 우체국 망도 DUR 시스템에 연계시켜서 활용했습니다.

이런 시스템이 안되어 있기 때문에 다른 나라들은 마스크를 효과적으로 분배할 수 없었던 겁니다. 앞으로 어떤 국가적 위기가 닥치고 어떤 재난상황이 생길지도 모르지 않겠습니까? 기술을 잘 발전시키고 활용해서 국가 시스템을 미리미리 정비해 둬야 한다는 것을 코로나19를 통해 우리 모두가 제대로 학습했습니다.

대구에 상주하면서 코로나19와 한참 싸울 때에는 우리나라가 중국에 이어 감염자 수 세계 2위였습니다. 인구 대비세계 1위의 오명을 쓰고 말았지요. 당시에는 참고할 만한외국의 모범 사례가 없었어요. 지혜를 모아 창의성을 발휘해야 했습니다. 우리 스스로 모범이 돼야 했지요. 그런 노력 끝에 3주 만에 대구 상황을 잡아냈어요. 그런데 그 무렵 이탈리아와 스페인을 필두로 유럽에서 감염자가 확산되기 시작했잖아요? 그곳은 최초 감염자가 발생한 지 한달도 안돼서 일일감염자가 만 명을 훌쩍 넘어버렸습니다.

정부가 감염병의 확산을 제대로 통제하지 못한 거지요. 영국이나 프랑스, 그리고 미국도 마찬가지였어요. 코로나19에 선진국도 쩔쩔매는 것을 보면서, 우리가 잘 싸우고 있는 것이구나, 이야 선진국도 별것 아니구나라는 생각이 들더군요. 이 위기를 잘 극복해서 국가의 격을 올려야겠다고도 생각했지요. 우리 국민도 전 세계 상황을 다 지켜봤잖아요? 위기 속에서 대한민국의 품격이 올라가는 모습을 직접 목격하셨으리라 생각합니다.

코로나19라는 미증유의 위기 극복을 위해 우리 국민은 서로 배려하고 서로 연대하는 모습을 보여주었습니다. 여러 지자체와 기업이 적극적으로 협조했습니다. 의료진과 공직자의 노고가 있었습니다. 자원봉사자들의 헌신이 있었습니다. 이런 것들이 모여 전대미문의 위기 속에서도 오히려 우리 대한민국의 국격이 높아진 것이지요. 실제로도 뭔가 달라졌어요. 뭐든지 미국은 어떻고 영국은 어떻고 독일은 어떻고 했던 지난날의 관습적인 생각에서 오히려 우리가 세계의 모범이 될 수 있겠다는 자신감을 얻게 됐지요. 생활치료센터, 마스크 5부제, 드라이브 스루 같은 창의적인 생각이 글로벌 방역의 표준이 되는 것을 우리가 목격하지 않았습니까?

여전히 코로나19와의 싸움은 끝나지 않았습니다. 이 과정에서 바이러스는 우리 국민의 귀중한 생명을 앗아갔습니다. 그럼에도 우리는 이 싸움을 통해 우리의 저력을 믿기 시작했지요. 이게 중요한 겁니다. 요즘은 사람들이 '헬조선'이라는 낱말을 과거처럼 많이 사용하지 않습니다. 국가의 격이라는 게 있는데 이게 그냥 만들어지는 게 아닙니다.

K 방역

K 방역의 3대 원칙은 '개방성', '투명성', '민주성'입니다. 첫째, 국경개방을 유지하고 지역을 봉쇄하지 않겠다는 원칙입니다. 둘째 감염 관련 정보를 국민에게 투명하게 공개하겠다는 원칙이에요. 이건 사스와 메르스 사태 때 우리가 교훈으로 배운 겁니다. 정부가 국민을 신뢰하고 국민은 정부를 믿어 줘야만 국난을 극복할 수 있는데 그러려면 잘못된 소문이 흉흉하게 나돌지 않도록 정보를 투명하게 공개해야 합니다. 국민들은 상황이 어떻게 돌아가는지 알 권리도 있고요. 셋째 우리 국민의 자발적인 협조와 참여

를 통해 방역을 하겠다는 원칙입니다. 개방성, 투명성, 민주성 원칙이야말로 다음 정부에서도 그리고 그다음 정부에서도 나라를 이끌어 나갈 중요한 이정표라고 생각해요. 이 이정표를 따라 가다 보면 나라의 품격은 저절로 높아집니다. 그걸 지난 1년 동안 우리 국민이 보여주셨어요.

K 방역을 말할 때 3T 전략을 빼놓을 수 없지요. 광범위한 검사Test를 시행합니다. 철저한 역학조사를 통해 감염경로를 추적Trace합니다. 그리고 모든 환자에 대한 신속한 치료Treat를 시행합니다. 이 세 가지가 유기적으로 작동했기 때문에 코로나19의 확산과 위협을 최소화할 수 있었던 것이지요. 확진자 통계를 봐도 미국, 영국, 프랑스, 스페인, 독일, 일본 등의 나라에 비해 우리가 아주 잘 해냈습니다. 3T 전략으로 수행된 우리 K 방역은 국제 방역 표준으로 자리매김했습니다. 이게 정부가 잘나서 그런 건 아닙니다. 정부와 국민이 힘을 합친 결과입니다.

유엔참전용사에게 마스크를

2020년은 6.25 전쟁 70주년이 되는 해였어요. 원래는 생존 유엔참전용사를 국내로 초청할 계획이었습니다. 하지만 코로나19 때문에 사업이 제한되었지요. 그때 제가 그분들에게 마스크를 주자는 아이디어를 냈습니다. 당시는 전 세계적으로 마스크 대란이 일어난 시기였습니다. 우리는 좀 형편이 나아지기 시작했을 때였어요. 우리도 충분하지 않다고 걱정하는 사람도 있었지만, 나는 마스크가 좀 남겠다고 생각했습니다. 이건 내가 실물경제를 좀 아는 사람이니까 그런 판단을 내릴 수 있었던 거예요. 수요라는 게 갑자기 없다 생기는 건 아니잖아요? 그런데 생산량은 계속 늘어나고 있었습니다. 그래서 국가보훈처장에게 제안했습니다. 참전용사에게 마스크를 보내자고요. 우리 대한민국이 70년 전의 은혜를 잊지 않았다고, 당신들을 기억하고 여전히 감사하다는 메시지를 담은 마스크였습니다. 사람들이 한국전쟁을 일컬어 잊혀진 전쟁이라고들 말합니다. 설령 다른 나라 사람들이 당시 UN군을 잊었다고 해도 덕분에 나라를 지킨 우리는 잊지 않았다는 메시지를 전하고 싶었습니다.

미국을 포함한 22개국 참전용사들에게 100만 장의 방역 마스크를 보냈습니다. 미국에 가장 많이 보냈지요. 그때 미군 용사들이 가장 많이 참전했거든요. 그 고령의 용사들이 코리아가 자신들을 잊지 않았다면서 눈물을 흘렸다는 거 아녜요. 실은 우리가 고맙다고 눈물을 흘려야지요.

일본도 돕자

총리 제안이 항상 먹히는 건 아닙니다. 제안했다가 욕만
바가지로 먹고 진행하지 못하는 경우도 종종 생겨요.

제가 당시 미국과 일본에 마스크를 보내자는 제안도 했
습니다. 두 나라 모두 마스크 부족 때문에 엄청 고생하던
상황이었거든요. 그런데 네티즌들이 무슨 일본에 마스크
를 보내냐면서 저를 공격했습니다. 제가 아주 폭탄을 맞
고 말았지요. 반대 여론을 무시하기 어려운 상황이었어
요. 다른 다급한 일도 많은 상황에서 총리가 정부에 부담

을 줄 수는 없으니까 결국 일본에 마스크를 지원하는 건 철회하고 말았습니다.

사실 나는 우리가 일본에 뭔가를 배풀 수 있는 위치로 간다는 것은 그만큼 국가의 격이 올라가는 일이라고 판단했어요. 더욱이 한일관계가 아주 안 좋잖아요? 이런 인도적인 걸 통해서 국가간의 관계를 개선할 수 있다면 그건 굉장히 가성비가 높은 방법이에요. 외교적으로 매우 좋은 제스쳐였는데 아쉽지요. 그때 욕을 먹더라도 밀걸 하는 생각도 들어요. 물론 일본이 우리가 제안하는 마스크를 받아들일지 말지는 모르지만요.

위기 속에서 치러진 총선거

2020년 4월 15일에 제21대 총선거가 치러졌습니다. 코로나19가 더 확산되지 않겠냐는 걱정 때문에 선거를 미루자는 주장도 일각에서는 있었습니다. 그렇지만 나는 그런 주장을 아예 고려도 안 했어요. 전쟁을 할 때에도 선거를 합니다. 그게 민주주의예요. 5월 29일이 되면 국회의원 임기가 자동으로 끝납니다. 그때까지 선거를 못하면 국회가 없어지는 겁니다. 국회가 없는 나라를 어떻게 상상할 수 있겠어요? 선거는 무조건 치러야 합니다. 대신 매우 철저하게 선거를 준비했지요. 실지로 철저한 방역 속에서 선거를 치렀습니다. 20대 총선의 투표율이 58%였어요. 그런데 코로나 대유행 속에서도 21대 총선의 투표율은 66.2%였습니다. 28년 만의 최고 투표율을 기록했지요. 실로 위기 속에서도 민주주의를 지켜낸 겁니다. 투표하면서 감염병이 전파된 사례가 한 건도 없었어요. 2,912만 투표자 중에서 0명이었습니다. 세계가 깜짝 놀란 거예요. K방역이란 말이 그냥 나온 게 아닙니다. 다른 나라들은 선거도 못 치루고 연기하고 그러는데 우리는 방역을 잘하면서도 민주주의의 꽃을 피워낸 거 아니겠어요?

당시 저는 격리된 분들이 걱정이었습니다. 그분들도 유권자이므로 투표권을 행사할 수 있도록 보장하는 게 민주주의의 원리에 맞는다고 생각했습니다. 결국 그분들도 세심한 방역 속에서 투표권을 행사했습니다.

이런 경험이 있었으니까 학생들의 수능 시험도 무사히 치러낸 거지요.

국경봉쇄에 대하여

중국 우한시에서 난리가 났을 때, 우리 정부는 선제적인 조치로 우한시가 있는 후베이성 전역에 대해서는 입국을 막았습니다. 물론 비행기도 끊었어요. 그때 일부 사람들이 중국의 다른 지역도 막아야 한다고, 중국 자체를 봉쇄해야 한다고 주장했습니다. 이 문제를 두고 고민이 많았습니다.

입국 금지는 하지 않기로 했습니다. 대신 오가는 비행기를 줄였지요. 승객이 없으니까 항공사에서도 항공편을 중단했습니다. 중국사람들한테 발급한 비자를 무효화시키고 신규 비자발급은 진행하지 않았습니다. 이런 방식으로 중국에서 확진자가 들어오는 걸 막았습니다. 우리 국민 중에는 당시 중국에서 환자가 많이 들어왔을 걸로 생각하는 분들도 적지 않을 거예요. 그런데 깜짝 놀랄 정도로 중국에서 들어오는 환자는 몇 명 안됩니다. 2021년 2월까지 해외에서 입국한 확진자가 7,000명 정도인데, 그중에서 중국에서 들어온 확진자는 40명밖에 안됩니다. 그때 초장에 잠깐 들어오고 나서는 중국에서 들어온 확진자는 거의 없습니다.

당시 정부가 위와 같은 조치를 취했던 까닭은 외교적인 이유 때문이지요. 아니, 실은 경제적인 이유가 컸습니다.

우리나라 수출의 4분의 1이 중국이에요. 수입의 5분의 1도 중국이 차지합니다. 만약 우리가 중국을 봉쇄해버리면 우리나라 기업인들이 중국에 못 가게 됩니다. 우리나라 기업은 중국에 가서 공장을 세워요. 그런데 부품을 한국에서 수입합니다. 그다음 제품을 중국 공장에서 만들어

세계로 수출하는 거지요. 그래서 중국 수출이 그렇게도 많습니다. 이처럼 한국 기업은 중국에 가서 공장을 돌리기 때문에 우리는 기술자들이 중국에 가야 합니다. 반면 중국 기업은 우리나라에 와서 투자를 하기보다는 물건만 사가는 경우가 많습니다. 이게 차이가 있는 겁니다.

중국은 한국에 안 들어가도 별 문제가 생기지 않아요. 거꾸로 우리는 중국에 안 가면 기업활동이 안되고 문을 닫게 됩니다. 이걸 정부가 고려하지 않을 수가 없었습니다. 더구나 외교관계나 국가간 출입은 다 상호주의거든요. 우리가 문을 닫으면 저쪽도 문 닫는 거지요. 중국에서의 우리 이해관계가 이렇게 큼에도 당장의 방역 때문에 문을 닫아버리면 우리나라 기업이 큰 타격을 입을 수밖에 없습니다.

또 다른 현실적인 이유도 있었습니다. 우리가 우한이 있는 후베이성에 대해서는 입국 금지를 했단 말이지요. 후베이성 이외에는 사실 환자가 몇 명 안됐습니다. 중국 정부가 코로나 상황이 악화되자 후베이성을 완전히 봉쇄했으

니까요. 그래서 인근에도 별로 퍼지질 않았어요. 인구가 1
억 명인데 환자가 천 명이라면, 그건 아주 적은 겁니다. 그
때의 중국 상황을 자세히 들여다 보면 우리가 했던 조치
만으로 충분했던 거지요. 당시 언론에서 시비를 많이 걸
었어요. 중국을 어째서 완전히 봉쇄하지 않느냐고요. 단
견이지요. 그때도 신중히 생각한 것이지만, 지금 생각해
봐도 봉쇄 안 하기를 잘 했다고 생각합니다. 우리가 중국
을 봉쇄하지 않았기 때문에 중국도 우리를 봉쇄하지 않
은 겁니다. 대구 상황이 심했을 때 한국 비행기를 안 받는
나라, 우리나라에 대해 입국 금지 조치를 한 나라들이 생
겨났잖아요? 중국이나 미국은 입국 금지를 하지 않았습
니다. 상호주의 때문에 그런 거예요. 그런데 일본이 우리
나라를 입국 금지 대상국으로 지정해버렸지요. 그래서 우
리도 일본을 입국 금지시켰습니다. 원래 이런 겁니다.

코로나19에 대한 최고의 명약은 봉쇄입니다. 그걸 모르는
사람은 없지요. 하지만 대한민국 정부는 봉쇄하지 않습니
다. 대구 상황을 정리하면서 우리나라 방역이 국제적으로
평가받기 시작한 지점이 바로 그거예요. 봉쇄를 하지 않

고도 대구에서 일어난 큰 위기를 극복했습니다. 우리 대구시 같은 사례는 세계적으로도 극히 드물 겁니다.

고통의 무게는 평등하지 않다

국민의 삶이 벼랑 끝에 내몰렸습니다. 그럼에도 우리 국민은 정부의 방역지침에 적극적으로 협조해 주었지요. 이루 말할 수 없는 고통 속에서도 국가의 격을 올려주었던 겁니다. 정부가 마땅히 재정을 풀어서 국민을 도와줘야 했습니다. 그런 취지로 '긴급재난지원금'을 지급했던 것이지요. 정부가 제공하는 일종의 국민 안전망이었습니다.

그런데 코로나19 대유행 자체가 전례 없는 일이어서 정부가 이런 긴급재난지원금 제도를 해본 적이 없었습니다. 논의를 해서 좋은 방안을 찾아야 했습니다. 먼저 민주당과 정부와 청와대가 1차 재난지원금 문제를 협의했지요. 당정청 회의에서 결정된 안은 경제적으로 어려운 사람들에게 집중해서 지원하자는 것이었고, 전 국민의 50%가 대상이었습니다. 이후 민주당이 50%는 너무 적다면서 재난지원금을 80% 국민에게 줘야 한다고 주장했으므로 논의 끝에 70%를 기본으로 추가 예산을 국회에 제출한 상황이었어요. 야당은 100%를 주자고 했지요. 총선거가 다가오니 포퓰리즘 경쟁이 생겼습니다. 여야 모두 전 국민에게 재난지원금을 지급하자는 것이니 다시 고민해야 했습니다. 그때 나는 세종시 국무총리 공관 앞의 호수 길을 걸으면서 궁리했습니다.

— 그래, 우리 국민들이 다 죽게 생겼는데 재난지원금을 주려면 빨리 줘야지. 70%를 선별하려면 시간이 걸릴 거야. 구분하지 않고 다 주면 더 빨리 도울 수 있겠지. 형편이 좋은 분들은 자발적으로 받지 않거나 기부할 수 있도록 하면 되지 않겠나.

기자 간담회에서 이런 생각을 밝혔지요. 그랬더니 기획재정부에서 뒷말이 생겼습니다. 못 한다고 말이지요. 국무회의 때 기재부를 상대로 내가 지적 좀 했어요. 총리가 상황을 정리해서 발표한 사항에 대해서는 의견을 얘기할 수는 있지만 과도하게 반발해서는 안 된다고요. 그런데 '이 나라가 기재부의 나라냐'면서 총리가 기재부를 혼냈다는 언론 보도가 나왔습니다. 그건 내 말투가 아니었지요. 원래 내가 그런 식으로 남을 몰아붙이면서 얘기하는 사람은 아니거든요. 혼내더라도 점잖게 합니다. 그렇지만 언론에 그렇게 보도되니 사람들이 오히려 좋아하더군요. 기재부가 세잖아요? '센 놈을 혼내주니까 좋아하더라'는 것이었겠지요. 뜻밖의 박수를 받았습니다만, 기재부 사람들도 국민을 생각하면서 많이 고심합니다. 다만 예산건전성을 고민하는 것이 기재부의 당연한 역할이지요. 복지부가 국민의 복지수준을 높이자고, 행안부가 지방자치단체에 돈을 더 많이 주자고 고민하는 것이 그 부서들의 역할인 것처럼요. 그런 역할을 잘 조절하는 것이 총리의 역할입니다.

전 국민을 대상으로 1차 긴급재난지원금이 지급되었습니다. 2020년 5월경의 일입니다. 실제로 기부가 많지 않아서 약간 머쓱했지요. 부자들도 재난지원금을 받았습니다. '내 평생 정부로부터 돈을 처음 받아봤다. 그래서 기분이 좋다'는 반응도 들었지요. 부자한테 지원금은 '있으나 없으나'일 텐데 즐거워했다는 겁니다. 이렇듯 한 번 정도는 전 국민한테 재난지원금을 지급한 건 의미가 있다고 생각해요. 그 후 정부는 2차, 3차 긴급재난지원금을 편성해서 다시 국민들에게 지급했습니다만, 이때는 1차 때와는 달리 보편적으로 안 했어요. 필요한 사람들, 피해를 본 사람들, 아주 어려운 사람들을 중심으로 지원했습니다. 아이들에게 주는 무상급식 같은 것은 보편적으로 지원하는 게 좋다고 생각해요. 하지만 재난지원금은 선별적으로 하는 게 옳다고 생각합니다. 1차 긴급재난지원금을 지급한 다음에 그 돈이 어떻게 사용됐는지 분석해 봤습니다. 역시 저소득층은 100% 소비로 연결되었지요. 고소득층은 그렇지 않았습니다. 고소득층 사람도 밥 한 그릇을 먹지 두 그릇을 먹는 건 아니잖아요? 그리고 그 사람들이 돈이 없어서 소비를 못하는 것도 아니지요. 그분들은 지원금을 쥐도 그 지원금으로 '어차피 소비할 돈'을 쓰는 것이어서 소비 효과도 별로 없어요. 그냥 재정만 축나는 측면이 있는 겁니다. 그래서 2차 긴급재난지원금부터는 꼭 필요한 사람들에게 두텁게 지원해야 한다는 방향으로 정리했어요. 많은 대상을 넓고 얇게 지원하기보다는 숫자가 적더라도 꼭 필요한 사람들에게 두텁게 지원하는 게 낫다는 논리입니다. 고통의 무게는 평등하지 않습니다. 고통이 큰 사람들의 고통을 먼저 덜어주는 게 현명하다고 생각합니다.

흔히 보편적인 지급을 주장하시는 분들은 지원대상자를 선별하는 작업이 어렵다고들 지적하시지요. 1차 긴급재난지원금의 경우에는 지금까지 그런 걸 해본 적이 없었기 때문에 어려움이 있었습니다. 하지만 지금은 경험이 쌓여 있는 상태예요. 데이터베이스가 있지요. 어려운 작업이 아닙니다.

코리아 프리미엄

옛날에 '코리아 디스카운트'라는 말이 있었어요. 우리가 남북분단 상황이고, 북핵 문제도 있지요. 이런 상황 때문에 해외에서 돈을 빌리면 이자를 더 줘야 해요. 그래서 그걸 코리아 디스카운트라고 불렀던 겁니다. 일례로 '외국환 평형기금채권'이라는 게 있어요. 환율변동에 대비한 기금 마련을 위해 대한민국 정부가 발행하고 보증하는 채권입니다. '외평채'라고 부릅니다. 이 자금으로 정부는 환율을 안정시키지요. 이 채권에는 이자가 있어요. 그런데 '코리아 디스카운트' 때문에 우리는 늘 이자에서 손해를 봐 왔던 겁니다.

그러다가 2020년 가을에 외평채를 발행했는데 그 이자율이 시중 유동금리 대비 약 10bp 이상 낮게 발행됐어요. 역대 최저금리입니다. 외평채가 기준금리가 돼서 우리나라 은행이나 기업, 공공기관이 채권을 발행할 때 수혜를 봅니다. 10bp면 0.1%예요. 우리나라 전체 기채起債가 약 4,000억 달러 정도니까 0.1%면 4억 달러의 프리미엄을 보는 것이고, 이게 코로나 위기 속에서 가능해진 일입니다. 외국에서 우리나라를 바라본 시각이 달라졌어요. 한국 제품에 대한 국제 시장의 신인도도 확 올라갔지요. 국민 여러분이 코로나 때문에 고생을 엄청나게 하셨는데, 국가적으로 보면 국격이 올라간 거예요. 물론 이것이 국민들 덕분이고, 의료진이나 관계된 모든 사람들이 노력한 덕분이지만, 우리가 코로나19를 겪으면서 이런 의외의 소득도 얻은 겁니다. 위기를 기회로 만든 것이지요.

우리는 추격경제에서 선도경제로 가야 합니다. 추격경제는 패스트 팔로워Fast follower라고 하고, 선도경제는 퍼스트

무버First mover라고 합니다. 남의 것을 잘 베끼고 잘 따라가는 것에서 이제는 우리가 앞장 서서 끌고 가야 한다는 얘기입니다. 그렇지 않으면 선진국이 안되는 것이지요. 그 주장을 옛날부터 줄곧 했는데, 내가 그런 얘기를 하면, 사람들은 '말이야 좋지만 우리가 실력이 되냐, 그냥 희망사항이지'라는 눈빛이었어요. 지금은 그 얘기를 하면, '맞아. 우리가 그렇게 가야지'라는 반응을 보인단 말이에요. 그만큼 우리 국민들이 자신감이 생기고 국가의 격이 달라지고 있는 겁니다. 지금 우리 국민들의 고통이 실로 엄청나고, 정말 많은 사람이 이 코로나19의 터널을 힘겹게 지나고 있지만, 국가적으로 보면 '코리아 프리미엄' 시대를 열었습니다. 이건 대단한 일입니다. 그래서 우리가 마지막까지 코로나를 잘 극복해야 하는 이유이기도 합니다.

물론 코로나19 충격 때문에 생긴 경제 후퇴를 우리도 피할 수는 없었지요. 하지만 OECD 37개 회원국 가운데 가장 적은 피해를 입은 나라가 대한민국입니다. 코로나 위기를 겪는 과정에서 대한민국 1인당 국민총소득GNI이 이탈리아를 추월하면서 사상 최초로 G7 수준으로 진입했고, 실제로 G7 정상회의 초청 서한을 받는 등 선진국 반열에도 올랐습니다. 이런 '코리아 프리미엄' 시대를 맞이하여 경제를 살리고 모두가 잘사는 나라를 다음 세대에 물려주고 싶습니다.

많이 괴로웠지요

'3밀'이라고 하잖아요? 밀집, 밀폐, 밀접인데, 이게 코로나 바이러스가 가장 좋아하는 겁니다. 그런데 수도권이 밀집 아니에요? 여기서 코로나19 대유행이 생기면 정말 감당하기 어려워집니다. 조마조마했습니다. 이태원 클럽발 집단감염이 발생했지요. 구로 콜센터 집단감염도 있었습니다. 다행히 대유행으로 이어지지는 않았습니다. 그런데 8.15 집회가 문제였습니다. 주최측이 집회를 금지하는 서울시의 처분에 불복하면서 법원 판결을 얻었습니다. 그렇지만 100명 규모의 집회라고 해서 허가를 받아놓서는 수만 명이 참여하는 광화문 집회로 변질됐고 방역수칙도 잘 지키지 않았습니다. 그 바람에 서울에서 2차 대유행이 발생하고 만 겁니다. 난리가 났지요. 2차 대유행 상황을 정리하느라 애쓰는 상황이었습니다. 그런데 보수단체가 또다시 10월 3일 개천절에 대규모 집회를 개최하겠다고 예고했습니다.

집회의 자유는 헌법이 정한 국민의 권리입니다. 존중해야 합니다. 그런데 코로나19 위기 상황에서는 국민의 생명과 재산을 지켜야 하는 게 급선무였어요. 8.15 집회 후유증이 여전한데 또다시 대규모 집회로 감염병이 확산되는 일은 없어야 했습니다. 집회의 자유를 계속 제한하겠다는 생각은 하지 않았습니다. 한순간 제한하는 것이니까요. 잠시 좀 유보하자는 거였어요. 그런 생각으로 수단과 방법을 가리지 말고 무조건 막아야 한다고 말했지요. 그러자 광화문 일대에 경찰차로 '산성'을 쌓았다는 비난을 받았습니다. 옛날에 우리가 광우병 파동 때 '명박산성'이라고 이명박 정부의 대응을 비난했는데, 이제 우리가 그걸 했으니 비난을 받을 수밖에요. 많이 괴로웠지요. 평소의 철학과 다른 행동을 해야 했으니까요. 막긴 잘 막았는데 욕을 먹을 수밖에요. 그렇지만 어떻게 하겠어요? 국민의 생명과 재산을 지키는 일이 더 중요하다고 판단했던 것이지요.

외국에 비하면 우리나라는 훨씬 약하게 통제하고 있습니다. 집밖으로 아예 못 나가게 하고 이발소도 못 가게 하는 등 다른 나라는 아주 별 난리가 아니었잖아요. 우리는 그런 나라들보다 코로나 국난 속에서도 민주주의를 잘 수호했다고는 생각해요. 하지만 사람들이 많이 모이는 집회를 억제해야만 했으니까 그점은 비판을 달게 받겠습니다. 이어진 한글날 집회에서는 경찰이 '산성'을 쌓지 않았습니다. 경험이 쌓였으니까요. 과하지 않게 개선했습니다. 사람들을 에스코트도 해주고 그랬어요.

이번 추석엔 총리를 파세요

8.15 집회 이후 감염자가 늘어나는 상황에서 우리 민족의 최고 명절인 추석이 다가왔습니다. 추석을 맞아 대규모 인구 이동이 예상되는데, 정부의 방역은 국민들의 이동을 제한하지 않는 게 원칙이어서 도시에서 유행한 바이러스가 전국 곳곳의 시골까지 퍼져나갈지도 모르니까 큰일난 것이지요. 고향에는 어르신들이 살고 있잖아요. 그분들이 코로나19에 매우 취약합니다. 이건 국민 생명이 달린 문제여서 참으로 걱정스러웠습니다. 이동 자제를 호소하는 수밖에 다른 방도가 없다고 생각했습니다. 이걸 그냥 호

소만 하자니 면목이 없었지요. 국민 여러분에게 뭔가라도 핑곗거리를 만들어드려야겠다고 생각한 아이디어가 바로 내가 욕을 먹자는 것이었습니다. 그게 '이번 추석엔 총리를 파세요'라는 캠페인입니다. 이동 자제를 호소하면서 총리를 핑계 삼아 달라는 거였지요. 차라리 저를 비난하라고요. 주로 SNS로 웹툰 같은 것을 만들어서 홍보했습니다.

— 애들아, 올 추석엔 내려오지 말거라. 정 총리가 그러더구나. 추석에 가족들이 다 모이는 건 위험하다고.

— 어머니, 아버지 고향 안 가는 게 진짜 효도래요. 총리가 그랬어요.

조선왕조실록 같은 사료를 보면 우리 선조들도 역병이 돌 때면 명절 차례를 지내지 않았다고 합니다. 하여튼 내가 욕을 먹더라도 그때 추석 연휴만큼은 이동을 최소화하려고 애썼습니다. 문재인 정부 출범 이후로 명절 기간엔 고속도로 통행료를 면제해 줬잖아요? 그것도 바꿔서 평소처럼 통행료를 부과하도록 했어요. 너무하다는 사람도 있었지만, 고속도로 통행료를 면제하는 것과 징수하는 것은 이동량이 16.5% 차이가 난다면서 설득했지요.

다행히 추석연휴 동안에는 코로나19가 크게 확산되지 않았습니다. 국민들 덕분이지요.

종교계, 고맙습니다

신천지, 사랑제일교회, BTJ 열방센터, 대전 선교회 국제
학교 등에서 집단감염이 발생했습니다. 몇몇 정치적인 교
회 인사들이 정부의 방역을 비난하고 잘못된 선동을 하
는 바람에 많은 공분을 사기도 했습니다. 하지만 대다수
의 종교계 사람들은 온라인 예배나 미사를 드리는 등 어
려운 상황 속에서도 감염병 확산을 막으려는 정부의 방역
조치에 적극 협조해 주셨습니다. 불교계에서는 산문을 폐
쇄하고 법회를 중단하면서 정부를 도와주셨지요. 다시 한
번 감사하다는 마음을 전합니다. 저도 기도를 하는 신앙

인으로서 굉장히 송구한 마음이었습니다.

우리 국민들은 1년 넘게 지속되는 방역 때문에 코로나 우울증과 코로나 분노로 고통받고 있습니다. 사람들이 종교에 의지해서 고통을 줄이는 것은 일종의 정신적인 방역이라고 생각해요. 정부는 물리적 방역을 책임지고 종교는 정신적 방역에 적극 나서면서 서로 조화를 이룬다면 우리 국민들에게 얼마나 좋은 일입니까.

누가 먼저 골인하느냐

지난 겨울 3차 대유행 때문에 우리 모두 힘겨웠습니다. 계절적 원인도 있고, 1년 동안 코로나와 싸우다 보니 일부에서 방역이 좀 해이해질 수도 있고, 외국에서 유입되는 환자도 많았습니다. 이런 것들이 복합적으로 작용해서 3차 대유행이 생겼지요. 여전히 조심스럽지만 정점을 통과했다고 생각해요. 다른 나라도 똑같이 대유행이 시작됐고 하루에도 수천 수만 수십만 명씩 새로운 감염자가 생겨났지만, 그런 나라들도 지금은 정점을 통과하고 있습니다.

백신 가지고 말이 많습니다. 미국이나 유럽에서 먼저 백신 접종이 시작됐습니다. 하지만 생각보다 빨리 진행되지는 않지요. 어째서 한국은 백신 구매가 지연되느냐, 우리는 언제쯤 백신 접종을 하느냐면서 정부의 방역을 비난하는 사람도 있습니다. 정부는 그동안 백신 로드맵을 만들어서 그 로드맵에 따라 백신 도입을 준비했습니다. 이게 백신의 가격과 안전성 등을 두루 살피면서 우리나라 기업의 백신 개발 속도까지 고려해야 하는 문제입니다. 그 로드맵이 나라마다 같을 수는 없지요. 백신은 안전성을 확실히 검증하는 게 중요하잖아요? 그런데 백신 접종을 서두르는 나라들은 안전성을 충분히 검증할 여유가 없는 거지요. 그런 나라들의 하루 확진자의 수는 우리보다 수십 수백 배 많았습니다. 외국은 백신을 서둘러야 할 상황이 있는 것이지요. 그렇지만 우리는 백신 접종으로 혹시 모르게 생길 위험을 관찰하면서 국민의 생명을 더 생각할 여유가 있는 것이고요. 대한민국은 대한민국 상황에 맞는 전략을 짜서 시행하면 됩니다. 몇 달 먼저 시작하느냐가 중요한 게 아니에요. 누가 먼저 골인하느냐가 중요한 것이지요. 우리가 훨씬 잘할 겁니다.

지금까지 대한민국이 잘 해왔잖아요? 치료제가 나오면 치료를 잘하고, 백신으로 집단면역이 생기도록 노력해야 합니다. 처음에는 외국제 백신이겠지만, 빨리 우리 자체 백신을 개발해야 하고요. 방역, 백신, 치료제로 우리 대한민국이 코로나 위기에서 가장 먼저 벗어나야 합니다. 다들 노력하고 있습니다.

손실보상제도의 입법화

정부의 코로나19 방역조치로 많은 자영업자와 소상공인들이 피해를 입었습니다. 그 피해를 생각할 때마다 눈시울이 뜨거워집니다. 그런데 이분들의 손실을 보상해줄 법과 제도가 없어요. 이건 재난지원과는 다른 겁니다. 재난지원은 기본적으로 시혜적인 지원이에요. 손실보상은 발생한 피해에 대한 보상이지요. 물론 그간 지급된 재난지원금에 손실보상의 개념이 섞여 있었습니다. 하지만 제대로 된 제도는 아니었습니다. 국무총리로서 참 마음이 아픈 거지요. 보상해드리고 싶어도 못하니까요.

헌법 제23조 제3항은 "공공필요에 의한 재산권의 수용·사용 또는 제한 및 그에 대한 보상은 법률로써 하되, 정당한 보상을 지급하여야 한다."라고 규정하고 있습니다. 보상을 제대로 하려면 법률이 있어야 한다는 게 헌법의 규정이거든요. 그런데 코로나19 방역조치 때문에 생긴 재산권의 제한에 대한 보상 법률이 없어요. 코로나19 사태가 전대미문의 일이다 보니 근거 법률이 없는 것이지요. 그래서 방역책임자인 내가 직접 이걸 거론해야 한다는 생각에 손실보상제의 입법화를 표명했습니다. 대통령께서도 힘을 실어주셨고요. 국민이 정부를 신뢰해서 이리도 잘 따라와 주셨으니, 정부도 좋은 제도를 만들어서 국민에게 더욱 보답해야 합니다. 그게 대한민국 정부의 미래 모습일 겁니다.

그런데 이건 누구도 가보지 않은 길이란 말이지요. 지급 대상이나 규모를 정하기도 어렵고, 보상 방식에 대해서도 논의해야 합니다. 국가 재정이 감당할 수 있는 범위 내에서 검토해야만 하고요. 긴급재난지원금은 서둘러 국민들에게 지급하더라도 이 손실보상제만큼은 지혜를 모아 잘 설계해야 합니다. 대한민국 정부가 국민을 위해 살아있음을 보여 줘야 하니까요.

제 3 장

더
훌륭한
나라

예전에는 공직사회가

무엇이든 국민에게 안 해 줄 방법을

찾았단 말이에요.

이제는 무엇이든 국민에게 해 줄 방법을

찾아야 합니다.

그게 바로

적극행정이에요.

재정건전성

나라의 돈은 한 푼 한 푼이 아니라 넓게 봐야 해요. 국가
채무를 적정 수준으로 유지할 수 있는 상태를 재정건전성
이라고 말합니다. 재정건전성은 결국 빚에 관한 애기지요.
나라의 빚은 세 가지로 나눠서 생각해야 합니다. 국가, 기
업, 그리고 개인이지요. 국제 기준으로 보면 우리나라의
국가 재정건전성은 양호합니다. OECD 국가 중에서도 아
주 건전하지요. 최근 정부가 재정지출을 확대하느라 부채
비율이 급격히 늘어났지만 그럼에도 여전히 건전하고 부
채비율도 낮은 수준이에요. 정부의 부채가 그렇다는 겁니

다. 기업도 천자만별이기는 하지만 전체적으로는 괜찮아요. 그러니까 코로나19에도 불구하고 수출도 잘되고 투자도 이루어지고 그러는 거 아니에요? 그런데 가계 빚이 너무 높아요. 국제 기준에 비해 가계부채가 심각한 상황입니다. 예전부터 이게 계속 문제였습니다.

국가가 가계를 지원하면 가계부채는 줄어들겠지요. 대신 국가부채는 늘어납니다. 서로 상관관계가 있어요. 그러면 이런 코로나19 사태에서 어떻게 해야 합니까? 설령 국가부채가 늘어나더라도 가계부채를 좀 줄여주거나 늘어나지 않도록 정부가 재정지출을 확대하는 게 현명한 일이 아니겠어요? 가계부채 상황이 몹시 안 좋은 반면 국가의 재정건전성은 양호한 상황이니까요. 국민이 가난한데 정부만 부유해서 무슨 소용이 있겠어요. 지금 같은 위기 시절에는 정부가 나서서 소상공인들이나 자영업자들이 문 닫지 않도록, 폐업으로 내몰리지 않고 사업을 영위할 수 있도록 도와줘야 합니다. 정부가 국민에게 투자해야 할 때입니다. 긴급재난지원금과 손실보상금을 국민들에게 지급하려면 당장은 정부가 큰돈을 써야 하지요. 하지만 그 돈이 들어가서 자영업자나 소상공인이 망하지 않고 생존할 수 있다면 고용이 유지되는 겁니다. 그들이 살아남고 고용 유지가 되면 소득세든 법인세든 세금을 냅니다. 상인의 관점에서 생각해도 밑지는 장사가 아니에요. 먼저 재정을 투입해서 소상공인이나 자영업자가 망하지 않게 지탱해주는 것이지요. 그런 다음 위기가 지나고 경기가 좋아지면 세금으로 투자한 돈이 회수되는 구조잖아요. 투입된 재정규모보다 더 큰 돈으로 회수될 수도 있습니다.

재정건전성이 중요하지 않다는 게 아닙니다. 중요하지요. 그렇지만 국민들을 다 굶어 죽이면서까지 재정건전성을 지키는 건 아무 의미가 없다는 거예요. 국가가 왜 존재하나요? 국민을 위해 존재하는 거 아닙니까. 국민들이 국가가 왜 존재하는지를 느끼도록 하는 것이 정부의 역할입니다. 국민을 위해 무엇을 할 수 있는지를 적극적으로 찾아서 해야 합니다. 그것이 돈이라면 돈을 써야 합니다. 지금이 바로 그런 타이밍이라는 게 저의 인식이에요.

기본소득론에 대하여

돈 나눠준다는데 그걸 싫어하는 사람이 누가 있겠어요? 그런데 기본소득이라고 하려면 '소득'이라고 하니까 어느 정도의 돈은 돼야 하는 거 아녜요? 생활비로 쓸 수 있는 정도여야 하고요. 그런데 그 돈이 어디에 있는가, 이게 문제이지요. 돈을 나눠주는 거야 좋지만 정부가 그런 큰돈을 갖고 있지는 않으니까요. 우리나라는 복지제도가 잘 정비되어 있습니다. 대한민국의 복지제도는 정부가 힘들고 어려운 사람들을 우선적으로 지원해 준다는 취지로 만들어져 있어요. 이런 제도 속에서 어려운 사람이나 어렵지 않은 사람이나 똑같이 일률적으로 돈을 지급한다면 지금의 복지제도를 모두 다시 설계해야 합니다. 어려운 일이지요. 한두 번은 줄 수 있을지 몰라요. 하지만 지속할수는 없습니다. 그래서 기본소득 실험은 있었으나 그걸 제도화한 나라가 없는 겁니다.

아무리 국가가 나눠주는 돈을 좋아할지라도 우리 국민들이 그런 돈까지 탐하지는 않을 거라고 생각해요. 지금의 복지제도를 잘 정비하면서도 고통이 있고 국민의 눈물이 있는 곳에 국가의 재정을 쓰는 것이 바람직합니다.

소부장

소재, 부품, 장비 산업을 일컬어 '소부장'이라고 해요. 이 소부장의 경쟁력을 높이는 게 우리나라 산업의 미래 경쟁력에 매우 중요합니다. 하지만 우리나라 기업들이 소부장 자립을 생각하기보다는 당장 외국에서 수입부터 해요. 그런 다음 완제품을 만들어서 수출합니다. 그게 싸게 치거든요. 그런데 제조업이라는 건 세월이 흐르면 후발국으로 넘어가는 거예요. 우리가 옛날에 자동차나 반도체를 만든 적이 있었나요? 외국에서 배워온 거지요. 일정한 시간이 흐르면 그것들이 중국이나 베트남이나 인도네시아 같은 나라로 넘어갈 수 있습니다. 그럼 그때 우리는 무엇으로 먹고 살아야 할까요? 소부장으로 먹고 살아야 합니다. 미국과 일본은 제조업을 대한민국, 중국, 대만 같은 나라에 많이 넘겨줬음에도 지금 소부장으로 먹고 살고 있어요. 하지만 우리나라는 경제 규모나 제조 실력에 비해 소부장이 너무 약합니다.

빨리 소부장 자립을 했어야 했습니다. 그런데 우선 먹기에는 곶감이 달다고, 자립하려면 아주 고통스러운데 그냥 사다가 쓰면 돈이 남는 거예요. CEO들도 '단기 업적주의'라서 애써 소부장 자립을 할 필요가 없는 겁니다. 지금 잘되니까, 성과도 좋고 인정도 받고 보너스도 많이 받으니까요. 그런데 국산화를 한다고 하다가 실패라도 하면 어찌겠어요. 라인을 새롭게 깔아야 하고 검증도 해야 하니까 시간도 걸리고 비용도 들어요. 그래서 소부장 자립이 잘 안되었던 겁니다. 참여정부 시절 산업자원부 장관을 맡을 때에도 기회가 닿을 때마다 소부장 자립의 필요성을 말했지만 실제로는 마이동풍이었지요.

그런데 2019년 여름에 일본 정부가 반도체 부품에 대해 한국 수출 규제를 선언하는 바람에 우리 정부와 기업이 충격을 받았잖아요? 일본 정부의 깡패 같은 모습에 온 국민이 분개했지요. 하지만 달리 생각하면 이건 좋은 거예요. 일본 정부 때문에 자립을 강요받은 거잖아요? 정부와 경영계 모두 자립을 위해 노력하게 됐고요. 실지로 소부장 자립이 앞당겨지고 있습니다. 정부는 소부장에 더 적극적으로 지원할 수 있는 동력을 얻었지요. 전에는 매우 소극적이었던 기업의 CEO들도 소부장 국산화를 다시 생각하게끔 됐잖아요? 이런 결정적인 계기를 일본 정부가 만들어 준 거지요. 아베 총리에게 표창장을 줘야 할 정도가 아닌가 하는 생각이 들었을 정도입니다. 우리가 천년만 년 자립을 생각하지 않았을 수도 있는데 아베 총리 덕분에 우리가 자립해야겠다는 의지가 생겼던 거지요. 실제로 자립이 이루어질 겁니다. 그리고 우리 다음 세대는 설령 제조업의 주력이 다른 나라로 넘어가더라도 그 소부장의 힘으로 먹고 살 수 있는 거예요.

4차 산업혁명 시대를
자꾸 얘기하는 까닭은

우리 국민들이 굉장히 성실하고 근면한 민족이잖아요?
옛날에는 우리가 일을 많이 하는 게 자부심이었고 장점이
었어요. 다른 어느 나라 사람보다 우리가 일을 열심히 '더
많이' 했지요. 그 고된 노동으로 가난을 극복했습니다. 수
십 년 전 중동 노동자로 나가서도 다른 나라 노동자보다
몇 시간씩 더 끈질기게 일을 하기도 했습니다.

그러다가 3차 산업혁명 시대[12]를 맞아서 ICT 기술에 집중적으로 투자하고 연구했습니다. 그런 정보기술이 무슨 일이든 빠르게 하려는 우리 국민들의 적성과도 잘 맞았지요. 3차 산업혁명 시대에서는 대한민국이 앞서갔어요. 그래서 우리가 부자가 좀 된 거예요. 그런데 지난 10년 전부터 미국, 독일, 중국 등은 4차 산업혁명 시대[13]를 열심히 준비했어요. 그사이 우리는 4대강 사업 같은 토목사업을 벌였지요. 지난 정부에서는 말만 '창조경제'이지 실지로는 내용이 없어서 우리가 뒤쳐지고 말았어요. 4차 산업혁명이라는 것은 ICT와 제조업을 융합하는 특성이 있습니다. ICT 강국인 우리가 아주 잘할 수 있는 시대인데 우리가 선두권에서 빠지고 말았습니다. 지금은 추격하는 입장입니다. 인공지능 기술이 핵심인데, 이건 중국보다도 뒤쳐졌어요. 참 걱정이지요. 지금이라도 맨발로 다시 뛰어야

12 '3차 산업혁명'은 디지털혁명 또는 정보혁명으로 일컬어지는 컴퓨터의 등장과 디지털 기술이 일으킨 산업혁명을 의미한다. 하드웨어인 반도체 기술의 발전, 하드웨어를 제대로 이용하기 위한 소프트웨어인 데이터 처리기술의 발전, 그리고 처리한 데이터를 송수신하는 통신 기술의 발전이라는 특징이 있다.

13 '4차 산업혁명'에 대하여 대통령직속 4차산업혁명위원회는 "인공지능, 빅데이터 등 디지털 기술로 촉발되는 초연결 기반의 지능화 혁명"이라고 정의했다. 말하자면 글로벌하게 연결되는 융합기술이 일으키는 산업혁명을 뜻한다.

해요. 그 옛날 우리 선배들이 가난을 극복하기 위해 열심히 뛰었던 것처럼 뛰어야 합니다. 이런 다급한 마음 때문에 4차 산업혁명 시대를 이야기하는 거예요. 이걸 준비하지 않으면 우리 다음 세대가 우리보다 가난해집니다. 이걸 잘 준비하면 다음 세대가 우리보다 부자가 되겠지요.

4차 산업혁명 시대에서 특히 중요한 분야를 'DNA'라고 합니다. 데이터Data, 네트워크Network, 인공지능Artificial Intelligence을 말합니다. 정부가 규제 장벽을 없애기 위해서 많이 노력하고 있어요. 개인정보를 잘 보호하는 것도 물론 중요하지만, 그걸 기술적으로 비실명화하고 산업화의 저변을 확대하기 위해 노력하는 것이 지혜롭겠지요. 제도를 잘 정비해서 발바닥이 불이 나도록 뛰어야 한다고 생각합니다. 그래서 4차 산업혁명 시대를 자꾸 말하는 겁니다.

미래 세대를 위한 에너지 정책

에너지 정책은 시간이 걸리는 일입니다. 시간과의 싸움이지요. 이 싸움을 하는 동안 우리는 많은 돈을 투자해서 혁신적인 에너지 기술을 찾아내야 합니다. 흔히 '탈원전'이라고 말하지요. 더 정확하게는 에너지 전환 정책입니다. 원자력 발전에 대한 의존에서 벗어나겠다는 정책인데, 이게 바로 되는 일은 아닙니다. 60년은 걸리는 일이지요. 원자력 발전소는 설계 수명이 있어요. 그런데 설계 수명이 끝나도 멀쩡하단 말이에요. 이걸 더 돌리면 그때부터는 감가상각 비용도 없으니 경제적으로 끝내주는 것이지요. 탈원전은 그걸 하지 않겠다는 겁니다. 설계 수명이 끝나면 당초 설계대로 문을 닫겠다는 것이지요. 당장의 이익을 포기하겠다는 것인데, 그렇다면 누구의 이익 때문에 눈에 보이는 이익을 포기하는 걸까요? 바로 우리 미래 세대, 우리 후손의 이익 때문입니다. 원전 사고의 위험도 위험이지만, 방사성 폐기물을 처분하는 게 아주 골치 아픈 일이에요. 경주 폐기장에 저준위 또는 중준위 수준의 방사성 폐기물을 처분하고 있어요. 그런데 사용 후 핵연료인 고준위 폐기물은 발전소 안에 임시로 저장하고 있을 뿐입니다. 이게 쌓이고 있어요. 우리가 이걸로 핵무기를 만들 것도 아니잖아요? 나중에 이런 핵물질을 처리하는 비용이 어느 정도 들지도 모르는 상태입니다. 그 비용과 위험을 우리 미래 세대가 고스란히 짊어지는 셈이지요. 그런 부담을 후손에게 주지 말자는 것이 탈원전 정책입니다. 지금도 원전을 짓고 있는 게 있어요. 걔들의 수명이 60년짜리거든요. 완전한 탈원전이 되려면 60년은 걸린다는 이야기입니다. 그사이에 추가로 원전을 짓지 말고 신재생에너지 개발에 온 힘을 쏟아야 합니다.

원자력 발전은 탄소배출을 하지 않아요. 당장의 발전에는 돈도 적게 들지요. 그걸 모르는 사람이 없습니다. 그러나 2011년 후쿠시마 원자력 발전소에서 방사능이 대량 누출된 끔찍한 사고를 우리가 목격했잖아요? 우리 미래 세대에게 더 안전한 세상을 물려주려면 다른 대안을 찾아야 합니다. 의지가 투자를 만들고 투자가 기술발전의 자양분이 되고 또 그 기술이 우리의 미래를 밝혀줄 겁니다.

수소경제

수소 분야에는 아직 확실한 선두주자가 없어요. 우리뿐 아니라 미국, 일본, 중국, EU 등 세계 각국이 경쟁적으로 수소경제를 선점하려고 노력하고 있지만 아직 누구도 가보지 않은 길입니다. 그래서 국가적으로 투자해서 민관이 힘을 모으면 충분히 '퍼스트 무버First Mover'가 될 수 있는 분야입니다. 할 수 있고 해야만 합니다. 'RE100'이라는 게 있어요. 'Renewable Energy 100%'라는 말인데, 재생에너지로 만든 제품만 사겠다라는 거예요. 글로벌 기업들의 자발적인 캠페인입니다. 지구 환경을 생각하려는 노력의 일환이지요. 앞으로 이런 추세가 가속화될 겁니다. 여러 나라가 지구온난화를 막겠다는 목표를 세우고 있지요. '탄소세'도 그런 일환입니다. 유럽에서는 '탄소세'를 도입하겠다는 거예요. 자기 나라에서 탄소를 배출해서 만든 물건을 유럽에 수출할 때에는 그 물건을 만들 때 들어간 탄소배출량만큼 세금을 매기겠다는 제도입니다. 한걸음 더 나아가서 여러 나라가 '넷제로Net-Zero'를 선언하고 있어요. '넷제로'란 이산화탄소를 포함한 모든 온실가스의 순배출을 제로화하겠다는 선언입니다. 기후변화에 인류가 다같이 동참하자는 거지요. 중국은 우리보다 앞서 2060년까지 넷제로를 하겠다고 발표했어요. 중국이 2060년까지 한다고 하니까 우리는 2050년까지 한다고 안 할 수가 없어요. 그래서 우리도 2050 넷제로 선언을 했습니다. 그런데 이게 보통 어려운 일이 아녜요. 우리나라는 제조업 국가입니다. 탄소배출량이 굉장히 많은 나라거든요. 넷제로를 하기가 매우 어려운 나라인데 하지 않으면 안 되는 상황이 되고 있습니다. 이런 상황에서는 수소경제를 더더욱 밀고 나가야 하는 겁니다. 다행히 기술적으로 우리가 뒤지지 않기 때문에 국가적인 투자를 바탕으로 앞으로 치고 나아가야 하는 것이지요. 당장 수소 발전, 수소 모빌리티, 수소공급인프라 등에 예산을 지원하고 법령을 정비해야 합니다.

수소차는 우리가 앞서고 있습니다. 수소로 차를 운행하면 물만 나오고 거기서 탄소배출은 안 됩니다. 부생수소라는 게 있어요. 석유화학공장 같은 곳에서 수소가 부산물로 나옵니다. 수소차 50만 대를 굴릴 수 있을 정도로 나와요. 천연가스를 개질해서 수소를 만드는데 그때 이산화탄소도 나오니까 이게 완전히 클린 에너지는 아니지요. 하지만 언젠가는 물을 전기분해해서 수소를 만들 때가 올 것이고, 이때 필요한 에너지로 풍력이나 태양열을 이용할 수 있다면 깨끗한 수소 에너지를 생산할 수 있을 겁니다. 이 모든 과정이 수소 경제입니다. 자원 빈국인 우리나라가 지속가능한 발전을 이루어내는 기회가 될 터이니 국가적인 투자를 안할 수가 없는 것이지요.

목요대화

우리나라 정치가 너무 각박하고 대화도 제대로 안되고 타협도 안되니, 이게 정말 큰 문제라고 늘 생각해 왔습니다. 정치가 사회통합을 이뤄내서 국민에게 봉사해야 하는데 그게 잘 안되니까 줄곧 걱정스러웠지요. 스웨덴의 총리이자 정치가인 타게 엘란데르[14]의 '목요클럽'에서 컨셉을 따서 우리도 그런 대화 모델을 시도해 보는 게 어떨까 하고

---

14 Tage Fritjof Erlander 1901~1985. 스웨덴 정치가, 사회민주당의 리더이자 1946 년부터 1969 년까지 23 년간 총리를 역임한 스웨덴의 최장수 총리이다. 엘란데르는 스웨덴 복지정책의 기틀을 잡았으며 매주 목요일 저녁 기업과 노사 대표들을 만나 소통하면서 노사정 상생 모델을 만들었다. 사람들은 그걸 '목요클럽'이라고 불렀다.

생각했습니다. 국회의장 시절의 생각이었지요. 그런데 국회의장은 무엇을 집행하는 자리는 아니기 때문에 국회의장이 사람들을 모셔도 잘 안 올 가능성이 있고 대화를 해도 거기서 아무 성과를 못 낼 것 같았어요. 하고 싶었는데 생각만 하다가 그만뒀지요. 사람도 오지 않고 실효성이 없으니 시작만 하고 끝을 못 볼 것 같았습니다. 나는 무엇인가를 하다가 중간에 슬그머니 중단하는 것을 굉장히 부끄러운 일이라고 생각하거든요. 특별히 정당한 사유가 없다면 지속하는 걸 좋아하는 성정이어서 생각만 하다가만 것입니다. 그런데 마침 내가 총리가 됐단 말이지요. 국무총리는 국회의장과 달리 국정운영을 하는 자리입니다. 그때 이런 생각이 들었어요.

— 아, 이건 꼭 해야겠구나.

2020년 1월에 총리에 취임했습니다. 하지만 코로나19 상황이 급박하게 돌아가서 바로 시작하지는 못했습니다. 제가 대구에 상주하면서 방역을 지휘하기도 했고요. 대구 상황을 잡은 다음에 4월이 돼서야 '목요대화'라는 이름으로 대화 모델을 시작했습니다. 사회통합을 위한 대화이며, 각계각층의 목소리를 경청하면서 지혜를 모으고 신뢰를 형성하는 자리이며, 그 성과를 국정운영에 반영하는 모델입니다. 그 후 줄곧 했습니다. 매주 목요일에 정례적으로 진행했습니다. 청년들과의 대화가 참 좋았던 것 같아요. 그들의 마음을 청년기본법에 규정된 청년정책 기본계획에 반영했습니다. 예술가들과의 목요대화를 통해 공연을 하지 못하는 그들의 고충을 해결해 주기도 했습니다. 코로나 이후 이 세상은 어떻게 변할 것인지, 정부는 어떤 역할을 해야 하는지에 대해서도 목요대화를 통해 각계각층의 전문가들의 이야기를 들었습니다. 그분들의 지식과 통찰은 정부 정책에 소중한 밑거름이 되었지요. 노사정 타협을 통해 코로나19의 위기를 타개하려는 대화도 진행했어요. 그 대화의 성과로 타협안을 만들었는데, 마지막에 사인을 할 때 민주노총이 불참했습니다. 결말을 못 봤지요. 매우 아쉬웠습니다. 사인은 못 했지만 그래도 대화와 합의는 있었던 것이니까 정부는 그 합의를 지키는 집행을 하고 있습니다.

2021년 3월 11일까지 목요대화를 38회 했어요. 저도 시간을 내서 참석해야 했으니 이게 보통 정성이 들어가는 게 아니에요. 제가 총리를 그만두면 후임 총리가 이 대화 모델을 이어나가기를 바랍니다. 우리 사회는 대화가 필요합니다. 사회적 갈등을 줄이기 위해서라도, 다음 세대에 더 좋은 미래를 물려주기 위해서라도 말이지요.

적극행정론

2006년 참여정부 산자부장관에 취임하면서 제가 제시한 게 이른바 '접시론'이었어요. 접시를 아낀다고 찬장에 넣어 놓고 있으면 그 접시에 먼지가 쌓입니다. 접시를 아끼지 않고 사용하면 먼지가 쌓일 틈이 없지요. 손님 접대를 위해 일하다가 접시를 깨는 건 괜찮지만 일하지 않아 접시에 먼지가 쌓여서는 안 된다는 게 '접시론'의 요체입니다. 공직사회의 무사안일주의는 안 된다는 얘기이고, 일안 하고 자리만 지키는 건 용납하지 않겠다는 것이며, 열심히 일을 하는 공직자는 격려하고 포상하겠다는 의지의 표현이었습니다. 국무총리 취임사에서도 접시론을 꺼내 들었지요. 이걸 다른 말로 하면 '적극행정론'입니다.

우리나라는 공직사회의 영향력이 큰 사회입니다. 공직사회가 어떻게 하느냐에 따라 나라가 달라지고 국민의 삶이 바뀝니다. 공직자들이 열심히 노력하면 국가도 잘 돌아가고 복지든 경제든 좋아집니다. 예전에는 공직사회가 무엇이든 국민에게 안 해 줄 방법을 찾았단 말이에요. 이제는 무엇이든 국민에게 해 줄 방법을 찾아야 합니다. 그게 바로 적극행정이에요. 적극적으로 나서서 '일이 되게 할 방법'을 찾아라, 공직사회가 그렇게 나서면 국민들이 직면한 어려움이 해소될 것이고, 그리하여 우리 사회가 좀더 잘 굴러가면서 경제도 활성화되고 민생도 좋아질 거다, 앞으로 대한민국 정부는 그런 방향으로 가야 한다, 이게 바로 적극행정입니다. 대한민국이 더 훌륭한 나라로 거듭나기 위해서는 공직사회의 적극행정이 반드시 필요합니다. 사람들이 묻지요. 적극행정이 무엇이냐고요. 어떻게 해야 그런 게 가능하냐고요. 어려운 일이 아닙니다. 국가는 국민을 위해 존재하고, 공직자는 국민을 위해 일하는 사람이라는 이 당연한 이치를 잊지 않는 겁니다. 적극행정으로 국민들에게 힘이 되면 그것이 바로 공직자들의 보람이지요. 우리가 경험해 보지 못한 행정도 아닙니다. 적극행정의 성과에 관한 당장의 증거도 있지요. 코로나19 위기에 직면해서 국민의 생명을 지키기 위해 우리 공직사회가 적극행정으로 임했던 거 아니에요? 그게 바로 K 방역의 성과로 이어졌던 겁니다.

검찰개혁

우리나라 검찰이 문제가 있다는 점을 모르는 국민이 없지요. 옛날에는 없는 죄도 만들어서 덮어씌우고 있는 죄도 눈감아 주곤 했습니다. 검찰권력이 가장 강력한 사정기관이지요. 지구상에서 우리나라 검찰보다 권한이 집중되어 있는 사정기관은 아마 없을 거예요 대부분의 검찰은 그걸 올바르게 사용하지만 일부의 검찰이 문제입니다. 그 일부가 검찰권을 선용하지 않고 악용한 케이스가 있었기 때문에 그게 마치 검찰의 전부인 것처럼 국민들이 걱정스럽게 생각하는 겁니다. 검찰의 권력을 조금 슬림화해서 오남용의 소지를 없애는 게 선진화된 대한민국의 바람직한 모델이라고 생각해요.

결국은 그렇게 될 터인데, 그 과정에서 불필요하게 갈등할 필요는 없는 것이지요. 정치권이 현상을 냉정하게 바라보고 이해관계나 연고를 초월해서 검찰개혁을 성공시키는 것이 국민을 제대로 섬기는 방법입니다.

공공의료를 확충하는 과정에서

의대 정원은 14년간 동결되어 왔습니다. 그래서 의료인들의 배출이 부족하다, 공공의료를 확충해야 한다, 특히 지역별 의료 격차를 해소해야 한다는 의견이 많았지요. 과거와 비교해서 인구도 증가했지만 소득도 많이 늘어났으니 의료 서비스를 더 받아야 하는데 의사 수가 부족한 겁니다. 당연히 정부는 의대 정원을 늘리고자 한 것이지요. 의료계는 숫자가 적어서 그런 게 아니라 제대로 대우를 안 해줘서 그렇다면서 반대했지요. 정부의 공공의료 확대와 의대 정원 확대 정책에 반대하면서 파업까지 가게 된 겁니다. 그게 2020년 8월의 일이었어요. 당시 파업은 온당한 일이 아니라고 봐요. 하지만 일방통행이 좋은 방법은 아니니까 이해관계가 있는 사람들과 잘 소통해야 합니다. 협상이 필요하면 협상도 하고요. 그런 차원에서 의정협의가 이루어지고 있습니다. 잘 협의해서 필요한 인적자원도 확충하고 공공의료의 역할도 키워나갈 거라고 생각해요.

협의가 부족해서 의사들의 파업이 있었던 것인데 그때 의대생들이 동조했지요. 국가고시를 봐야 하는데 그걸 거부했습니다. 이후 이들의 구제 여부와 관련해서 논란이 일어났습니다. 그런데 의사 국가고시는 공개경쟁을 통해서 소수의 합격자를 내는 공무원 채용 시험과는 다른 거예요. 의과대학 전 과정을 제대로 마친 사람이 의사 역할을 제대로 할 수 있느냐 없느냐 그 자격을 검증하는 시험입니다. 공무원 시험과는 성격이 좀 다른 거지요. 비록 의대생들이 단체행동으로 국가시험을 거부했고, 그 행동을 저도 못마땅해하지만, 그래도 의대생을 구제해서 기회를 줘야 한다는 게 정부의 입장이에요. 물론 상당수의 국민들이 반감을 갖고 있다는 걸 잘 알고 있습니다. 공정하지 않다고 여기시는 분들도 있지요. 하지만 제 생각은 이런 겁니다. 의사 국가시험을 원래 1년에 한 번 볼 것을 올해 두 번 본다고 해서 피해자가 생기지는 않습니다. 피해를 보는 사람이 없어요. 반면 학생들을 구제하면 의사를 배출하지 못해서 생기는 국민의 피해를 없앨 수 있는 것이지요. 더더구나 의사 수가 부족하다고 말하면서 의대 정원을 늘려야 한다고 정책을 발표했던 거잖아요? 그런데 정부정책에 반대해서 국시를 거부했다는 이유로 처벌해야 한다면, 그 처벌이라는 건 1년 동안 시험 기회를 안 주는 것이므로 그만큼 의사 배출이 안 되는 거예요. 그 수가 2,700명입니다. 그런 처벌은 정부의 논리에도 안 맞고, 무엇보다 피해자가 생겨요. 그 피해자는 국민일 뿐이지요. 다른 누가 경쟁자가 있거나 그런 건 아니었습니다.

물론 의대생들의 태도에 분노하고 있는 국민을 정확히 납득시키는 게 쉬운 일은 아닙니다. 시험에 응시하지 않은 잘못은 그들에게 있는 거니까 잘못이 없다고 말할 수도 없고요. 하지만 정부는 국민의 기분이 아니라 국민의 피해를 더 생각하지 않을 수 없습니다. 국민들이 달가워하지 않는다고 학생들을 구제하지 않으면 그 피해는 고스란히 국민에게 돌아갑니다. 코로나 때문에라도 의료진이 부족해서 난리잖아요? 이런 이유 때문에 정부는 2,700명의 의대생들에게 시험을 볼 기회를 다시 주기로 했던 겁니다. 욕을 먹더라도 어쩔 수 없지요. 그게 결국 국민을 위한 판단이었으니까요. 그러나 다른 공공의료 확충이라든지 의대 정원을 늘리는 거라든지 하는 문제는 의정협의를 통해서 원래 추진하고자 하는 방향대로 잘 추진할 생각입니다.

그린벨트는 후손을 위한 것

2020년 7월경의 일이에요. 부동산 공급 문제를 의논하는 과정에서 '그린벨트 해제' 의견이 나왔습니다. 그린벨트를 해제해서라도 공급을 늘려야 한다는 주장인 겁니다. 그 심정은 이해합니다. 그린벨트에 집을 짓기 시작하면 당장은 주택공급이 늘겠지요. 하지만 사람들이 당장의 이익만을 좇을 때라도 누군가는 다음 세대까지 생각해야 하지 않겠어요? 그게 바로 정치가 할 일이며 정치인의 역할입니다. 제가 '그린벨트 해제' 주장에 반대했습니다. 대통령께도 말씀드렸지요. 그린벨트는 한번 훼손하면 다시 복원하기 어렵다, 훼손하지 말고 우리 후손에게 물려주자, 우리 시대에는 더이상 그린벨트를 훼손하지 말자는 의견이었습니다. 이게 제 지론이기도 해요. 그 당시 다들 제 주장에 공감해 주셨습니다. 덕분에 주택공급 방안으로 거론되던 그린벨트 해제 주장이 들어갔지요.

그린벨트를 해제하지 않고서도 도심에 주택공급을 늘릴 수 있는 방안이 없는 것도 아닙니다. 용적률 제한을 좀 완화하는 방안이 있어요. 용적률이란 대지면적에 대한 건물 연면적의 비율을 뜻합니다. 용적률이 높을수록 건축밀도가 높아집니다. 좋은 주거 환경을 보장하기 위해 용적률 상한선이 있는 거지요. 층고에 관해서도 35층 제한이 있습니다. 이런 규제를 완화해서 용적률을 상향하고, 층고 제한도 50층 정도로 높인다면 똑같은 땅에 더 많은 집이 나오는 거 아녜요? 공급이 늘어나니까 부동산 안정에도 도움이 됩니다. 집이라는 건 수명이 있잖아요. 50년 후 우리 후손들이 집을 그렇게 많이 필요하지 않게 되면, 그때 이걸 복원하는 재개발을 해서 더 낮게 지을 수도 있겠지요. 그렇지만 그린벨트는 한번 훼손하면 복원이 안 되는 겁니다. 다음 세대가 누려야 할 혜택을 우리가 해칠 수는 없지 않겠습니까. 그러므로 그린벨트는 언제나 매우 신중하게 보호해야 하며, 그게 정치가 할 일입니다.

공공이 공급을 주도해야

부동산은 이런 겁니다. 이것도 재화거든요. 결국은 시장 원리를 뛰어넘기가 어려워요. 그래서 수요와 공급이 불균형 상태가 되면 가격이 오를 수밖에 없지요. 여기에 교육 문제도 관련이 됩니다. 그런데 현재 문제는 유동성 과잉이 크다고 보지요. 돈이 시장에 너무 많이 풀린 겁니다. 게다가 저금리 시대예요. 저금리에 유동성 과잉, 이 두 가지가 모두 부동산에는 아주 안 좋은 것입니다. 금리가 높으면 은행에 돈을 넣고 이자를 받을 거 아녜요? 또 유동성이 별로 없으면 부동산 투기를 할 수 있는 돈이 없겠지요.

그런데 지금은 세계적으로 저금리에 유동성 과잉 현상이 벌어지고 있어서 집값이 계속 뛰고 있습니다. 여기를 막으면 저기가 뛰어오르는 풍선 효과도 벌어지고 있어요. 그럼에도 투기 수요는 어떻게든지 막아야겠다는 것이 정부의 생각이고, 지금까지는 주로 규제와 부동산 관련 세금 정책을 통해 투기 수요를 억제하고 있는 것이지요.

부동산 시장은 순발력 있게 치고 빠질 수 있는 곳이 아닙니다. 여러 가지 장치가 많아서 투기꾼의 놀이터가 되기는 쉽지 않아요. 물리면 골치 아플 겁니다. 그런데도 투기꾼들의 의욕이 잘 꺾이지 않아요. 지금까지 정부가 별의별 짓을 다 했는데도 지금까지 평균수익률이 가장 높은 게 부동산이었습니다. 안 올라야 정상인데 오르거든요. 그렇기 때문에라도 수요와 공급을 빨리 맞추는 게 중요합니다. 투기 세력의 발호 때문에 선의의 피해자가 생기고 있음을 정부도 알고 있습니다. 예를 들어 1가구 1주택 실수요자도 주택 담보대출 비율에 대한 규제를 받습니다. 실수요자임에도 대출을 받기 어려운 상황인 것이지요. 국민 여러분께는 송구한 마음입니다.

투기 수요가 발을 붙이지 못하도록 하면서 실수요자는 보호해야 되는데, 결국은 시장원리를 피해갈 수 없기 때문에 공급을 늘려야 합니다. 투기 억제 위주의 규제정책에서 공급을 대폭 늘리는 정책으로 전환해야 한다는 거지요. 총리로서 이런 의견을 대통령께 건의했습니다. 그리고 반영되고 있어요. 정부의 공급의지를 확실하게 보여줘야 합니다. 과천정부청사를 포함해서 정부가 갖고 있는 정부청사 부지, 서울시가 갖고 있는 땅, 이런 공공부지를 다 끌어모아 시장에 내놓아야 합니다. 국민들에게 주택을 더 많이 공급하겠다는 정부의 의지를, 지금까지 보지 못한 획기적인 공급 확대의 시그널을 확실히 줘야 한다는 거지요. 공공이 공급을 주도해야 합니다. 이렇게 모든 노력을 동원해서 투기의 불을 끄고 시장을 정상화해야 합니다. 그런 다음 1가구 1주택자들을 위한 정상적인 정책이 펼쳐질 겁니다. '조금만 더 기다리면 나도 기회가 있겠구나'라는 믿음이 만들어지면 시장이 안정될 수 있으리라 생각합니다.

집은 투기는 물론이고 투자의 대상이 돼서도 안 된다는

게 제 소신입니다. 집은 주거를 위해서 존재하는 것이지요. 소수의 사람이 그걸 독점해서 돈벌이 수단으로 삼고, 그로 말미암아 재력이 없는 사람들이 주거복지를 누리지 못하게 되는 건 참으로 옳지 않습니다.

절차적 정당성

민주주의 사회에서는 올바른 일을 하려면 내용뿐만 아니라 절차까지 두루 생각해야 합니다. 정부가 어떤 정책을 입안하거나 수정하거나 혹은 시행할 때에는 언제나 법과 제도에 의해 뒷받침되어야 하지요. 그렇지 않다면 설령 다수가 원하는 정책이라고 해도 함부로 결정해서는 안 됩니다. 대통령이든 국무총리든 누구든 개인사를 처리하듯이 손바닥 뒤집듯이 정부 정책을 추진하거나 바꿀 수는 없어요.

2012년 여름이었을 거예요. 민주당 대선후보 자격으로 부산에서 가진 기자간담회에서 동남권 신공항 입지로는 가덕도가 최적지라고 밝혔습니다. 다음날 대구에 가서도 가덕도 신공항의 입장을 반복했지요. 아주 종합적으로 연구해서 하나하나 따지면서 얘기한 건 아니었어요. 공항의 입지는 얼마나 많은 사람이 쉽게 활용할 수 있느냐가 중요하지요. 부산, 울산, 경남의 800만 인구의 접근성을 생각해야 합니다. 또 요즘은 옛날과 달리 탑승객만이 아닌 항공 물류까지 생각해야 하잖아요. 양은 얼마 안 되는데 가격은 매우 비싼 반도체는 비행기에 실어서 신속하게 운송하지요. 백신도 대부분 비행기로 실어 오잖아요? 물류의 흐름과 산업에 미치는 영향까지 고려해야 하는 문제입니다. 세계적으로 보면 바닷가에 공항들이 있습니다. 소음 피해도 적고, 산 같은 장애물도 없으니까요. 이런 상식적인 수준으로 부산항에 가까운 바닷가에 동남권 신공항을 두는 게 좋다고 생각했던 것이지요.

그렇지만 지난 정부에 의해 김해공항을 확장하는 것이 정부의 정책으로 되어 있었잖아요. 제가 총리에 취임했을 당시에도 정부의 정책은 김해공항을 확장하는 것이었습니다. 적절한 근거 없이 이를 함부로 폐기할 수 없는 거지요. 그 적절한 근거를 만드는 작업이 먼저 선행돼야만 했습니다. 절차적인 정당성을 확보하는 일이었지요. 총리실 산하에 김해신공항 검증위원회를 설치한 다음 그 검증결과를 지켜보자는 것이었습니다. 검증위원회가 동남권 신공항으로서 김해공항 확장 정책이 적절하냐 적절하지 않느냐 검증하기로 한 것이지요. 국무총리로서 저는 그 검증결과를 존중할 수밖에 없습니다. 그리고 검증결과가 나오기 전까지는 내 개인적인 생각을 가미할 수도, 이래라저래라 할 수도 없는 상황입니다. 이건 대한민국 어느 누구도 마찬가지라고 생각해요. 모든 국책사업은 법과 절차에 따라 제대로 이루어져야 하니까요. 이런 것을 소중히 생각하지 않으면 나중에 문제가 생깁니다. 불필요한 사회적 갈등을 일으키지요.

이렇듯 정부의 정책이라는 것은 절차적 정당성 없이 쉽게 뒤집을 수는 없습니다. 정권이 교체됐다고 해서 기존 정부가 했던 것을 마음대로 바꿀 수도 없는 거예요. 그렇기 때문에라도 국민 여러분께서 신중하게 투표를 하셔야 합니다. 그리고 바로 이것이 우리가 살아가는 민주주의 사회입니다.

통일에 대하여

통일로 골인하려면 두 쪽의 바퀴가 필요합니다. 한쪽은
평화, 다른 한쪽은 비핵화입니다. 이게 몹시 어려운 일입
니다. 실기하지는 말되 너무 서두르지도 말고 인내심을 가
지면서 요 두 바퀴를 잘 굴려가야 합니다. 어떻게 운전해
야 할까요?

통일이라고 말하면 정치적인 통일을 뜻하지요. 하지만 그
런 통일을 이루기 전에 우리가 해야 할 일이 많습니다. 먼
저 서로 공존하고 공영하는 관계를 만들어야 해요. 또 그

러려면 신뢰를 쌓는 게 중요합니다. 분단 75년간 양측이 달라도 너무 달라졌으니 다양한 분야에서 교류와 협력의 경험을 늘려가야 합니다. 2018년 최악의 위기에 직면했었으나 평창올림픽에서 스포츠를 통해 평화의 문을 열었던 것을 우리는 기억하지요. 문화와 스포츠 교류는 계속돼야 합니다. 무엇보다 중요한 것은 경제적인 교류입니다. 사실 경제협력은 경제인들한테 맡겨놔도 잘할 거예요. 정부가 지혜를 발휘해서 정치적인 장벽만 제거해주면 경제협력은 스스로 일어나게 돼 있습니다. 경제하는 사람들은 전쟁 중에도 경제교류를 하잖아요? 우리가 개성공단을 한번 경험해 봤습니다. 이런 경험을 여러 개 만들어 봐야 해요. 철도를 연결하고, 가스 파이프라인을 연결하는 등 이런저런 시도를 해봐야 합니다. 그랬더니 양쪽에 다 득이 되더라, 그러면 되는 겁니다. 경제협력의 케이스가 막 생겨나면 경제가 통합될 환경이 조성되는 것이지요. 그렇게 먼 이야기가 아닙니다. 남북 간에는 서로 시너지를 낼 수 있는 여건이 되어 있잖아요. 우리는 기술과 자본이 있습니다. 저쪽은 자원과 노동력이 있지요. 이건 경쟁관계가 아닙니다. 서로 보완관계이기 때문에 경제공동체가 가능하리라 생각하는 것이지요. 환경만 조성된다면 유럽공동체보다 쉬운 일이라고 생각해요. 말도 같고, 역사도 같고, 민족도 같잖아요? 적대관계만 청산할 수 있다면, 또 신뢰만 쌓으면 기초적이고도 쉬운 일입니다. 그 길로 가는 것이 곧 우리 민족이 세계 속에서 우뚝 서는 일입니다. 못하라는 법이 없지요. 무슨 정치체제나 이런 거 상관없이 어느 나라에서나 먹고사는 것이 문제 아닙니까. 서로 경제적으로 이득이 있다면 다른 웬만한 사항은 좀 무시하고 경제협력을 할 수 있는 겁니다. 다만 이런 경제협력을 위해서라도 평화와 비핵화 문제가 해결돼야 합니다. 특히 비핵화를 전제로 합니다. 비핵화는 하루아침에 하는 포괄적인 방법도 있지만, 단계적으로 하는 방법도 있어요. 먼저 동결하고, 그다음 단계로 이행하는 등의 방법입니다. 그냥 핵개발을 계속하고 있는 상황이라면 협력관계가 될 수는 없지요. 그러므로 비핵화 방법을 찾기 위해 대화를 지속해야 하고 지혜를 발휘해야 합니다.

주변 국가들은 이대로가 제일 좋다고 생각할지도 모릅니다. 그러나 그 사람들이 우리 운명을 책임져 주는 건 아니잖아요. 결국 한민족의 운명은 남북한이 책임지며 설계하고 만들어 내야 합니다. 염원을 가지면 이루어집니다.

외교력

미국은 대한민국의 유일한 동맹국입니다. 미국과의 동맹 관계를 중요하게 생각하면서 더 발전시켜야 해요. 미국은 한국전쟁 당시 우리나라를 도와주기 위해 참전했고 그 결과 3만6천 명이 넘게 희생됐잖아요? 단순한 '동맹'을 넘어선 '혈맹'이지요. 그런 혈맹이기 때문에 동맹을 굳건히 하는 것은 국가적인 의리에도 맞고 우리 대한민국의 이해관계에도 합치되는 일입니다. 한미동맹을 잘 지속시키는 것이 옳다고 생각해요. 하지만 한국전쟁 당시의 대한민국과 오늘의 대한민국은 완전히 달라졌습니다. 70년 사이에 우리 대한민국이 얼마나 성장했어요? 그러면 거기에 걸맞은 격을 갖춰야 합니다. 대미 일변도가 아닌 다변화를 시도하면서 독자적인 능력과 외교력도 키워야겠지요. 동맹은 동맹 대로 가고 미국의 중요성을 여전히 인정하면서도 다른 부분을 잘 확충해야 한다는 이야기지요. 이렇게 말하면 사람들이 걱정을 해요. 예를 들어 중국과 미국의 대립이 격화되면 중간에 낀 우리나라 처지가 어떻게 되느냐는 거예요. 단견이지요. 그런 어려운 상황에서 국익을 지키고 우리 길을 갈 수 있는 것, 그게 바로 외교력입니다.

그런 외교 역량이 없으면 국제사회에서 발언권을 키울 수도 없고 우리 경제력에 걸맞은 정도의 국가적인 격을 갖추기도 어려워요. 그러니까 외교력을 키워야 하고 유능한 외교관을 양성하는 데 소홀해서는 안 됩니다. 결국은 경제입니다. 돈을 쓰지 않으면 아웃풋이 안 나와요. 대한민국의 국격에 비해 외교관 수가 적습니다. 유력한 사람을 만나서 활발하게 외교활동을 할 수 있는 활동비도 적고요. 특히 국력에 비해 국제사회에 기여하는 것도 적습니다. 기여를 하지 않으면 외교 역량이 줄어들 수밖에요. 그래서 우리에게 무엇인가라도 여유가 있고 뭔가라도 남으면 적극적으로 국제사회를 도와줘야 합니다.

제 4 장

민주주의자 정세균

약속을 했으면 지켜야지요.

정치인이 약속을 지켜야

정치의 품격이 유지되지 않겠습니까?

정치 입문

어려서부터 정치를 해야겠다고 생각했습니다. 산골 소년 시절 어머니를 따라 읍내에 나갔는데 사람들이 벽을 보며 웅성거리고 있길래 무슨 일인가 싶어 사람들 사이에 끼어 들었지요. 선거 벽보였습니다. 멋진 양복을 입고 있는 벽보 속 신사들이 어찌나 멋이 있던지, 나중에 크면 저 벽에 내 얼굴이 그려진 벽보를 붙여야겠구나 하며 어린 마음 속에 꿈이 피어났지요. 요즘 아이들이 유튜브를 보고 꿈을 키우는 것과 비슷하지 않을까요?

산골을 지나 왕복 16km를 걸어 학교에 통학하던 가난한 시절이었지요. 그때 선거 벽보를 보며 꿈을 간직하던 키 작은 소년이 결국 중년이 돼서야 꿈을 이룬 것인데 돌이켜 보면 꽤 시간이 걸렸습니다. 옛날에는 정치를 하려면 큰돈이 필요했습니다. '십당오락'이라고요. 선거에서 10억을 쓰면 당선되고 5억을 쓰면 떨어진다는 이야기입니다. 직장인이었던 내게 그런 돈이 있을 리가 없었고요. 미국 주재원 생활을 끝내고 1990년 무렵에 귀국했습니다. 1992년에 총선이 있었어요. 그때 "한번 도전해 보지 그러느냐"는 권유가 있었지요. "준비가 안 됐습니다. 돈도 한푼 없고요." 하고 답했어요. 그러던 중에 선거법이 개정돼서 상황이 바뀌었습니다. 아마 1994년인가 그럴 거예요. 아침에 출근을 하는데, 통합선거법이 통과돼 국회에서 땅땅땅 하는 게 뉴스에 나왔습니다. 이제는 돈 안 드는 선거가 보장됐구나, 그러면 다음에 내가 출마를 한다, 하고 생각했지요. 1995년 김대중 총재가 영국에서 돌아오실 무렵이었을 거예요. 그때 입당 원서를 냈습니다.

대학 은사인 고 이문영 교수와 인권 변호사인 한승헌 변호사를 찾아뵈었지요. 한승헌 변호사는 내 고장 출신 중에서 가장 유명한 인사였어요. 학창시절부터 평생의 동지인 송인회와 함께 두 분을 시청 앞 호텔에서 만났습니다. 정치에 입문하겠다고 하니, 이문영 선생께서 제게 이렇게 당부하더군요. "봉급쟁이로 국회의원을 할 요량이라면 그냥 그만두라. 정치를 하려면 장차 대통령이 될 생각으로 정치를 시작해야지."라고요. 야망과 목표에 대한 말씀은 아니었습니다. 지도자에 어울리는 덕목을 기르면서, 또 그런 덕목에 맞게 언행에 유의하고 주변도 깨끗한 정치인이 되라는 말씀이셨지요. 돌이켜 보면 선생님의 말씀대로 살기 위해 지금껏 무척 노력했던 것 같아요.

당시 회사 선배들에게도 정치에 입문하겠다고 얘기했습니다. 김석원 쌍용그룹 회장에게 인사를 하러 갔지요. 김석원 회장이 제게, "아니, 뭐 이렇게 서두르느냐. 여기서 좀 더 승진도 하고, 사장도 하고 그러고 가지. 뭘 그렇게 서두르느냐."라고 말했습니다. 그래서 제가 이렇게 답변했지요. "국회는 다른 분야에서 역할을 다하고, 그러니까 용도가 다 끝난 사람들이 가서 되는 곳이 아니라고 생각합니다. 어떤 분야에서 꼭 필요한 사람이, 그 분야의 일을 그만두고 나라를 위해 뜻을 펼치는, 그런 사람들이 가야 되는 곳입니다. 제가 회사에서 역할이 다 끝난 다음에 국회에 간다면 그냥 한번 지나가는 것일 뿐 제대로 하겠습니까? 쌍용이 주는 기회를 제가 다 버리고 새롭게 도전해 보는 게 온당한 자세가 아니겠습니까? 한번 도전해 보겠습니다. 그리고 그게 정치를 하려는 지망생의 바른 자세라고 생각합니다." 그랬더니 이렇게 말씀하시더군요. "아, 그러냐. 그래, 좋다."

재벌개혁

제가 샐러리맨 출신이지만, 다시 말하면 재벌기업 출신이
라고 말할 수도 있겠지요. 기업의 자금담당도 했으니 재벌
이 어떻게 움직이고 돈이 어떻게 왔다갔다 하는 걸 알고
있었어요. 강점과 약점, 부정적인 면과 긍정적인 면을 다
알기 때문에 국회의원이 돼서 줄기차게 재벌개혁을 주장
했습니다.

당시 문어발식 확장과 과도한 부채 비율이 문제였지요. 그
게 외환위기의 원인이 되었으니까요. 미국 현지 법인에서

주재원으로 근무할 때, 미국 기업들을 살펴보면 어떤 기업은 빚이 한푼도 없는 기업이 있었어요. 순전히 자기 자본만 가지고 운영하는 기업들도 많았습니다. 그런데 우리나라는 당시 빚을 많이 얻으면 얻을수록 유리한 거예요. 빚을 얻어서 땅을 사놓으면 기업을 해서 돈 버는 것보다 땅값 올라가는 게 훨씬 더 빨라요. 그리고 회사도 문어발식으로 자꾸 설립을 해놓으면 그게 다 돈벌이가 되었지요. 외자도입, 이건 황금알을 낳는 거위였어요. 은행으로부터 돈을 차입하면 그게 또 돈 버는 길이에요. 그렇기 때문에 정경유착이 가능했던 거예요. 정경유착을 하고, 특히 대통령이 봐주면 그야말로 앉아서, 누워서 헤엄치기였지요. 그런 시대였어요. 하지만 내 머릿속에는 정말이지 이건 공정하지도 않고 부도덕하고 바람직하지 않다는 생각이 들어 있었기 때문에 정책자료집을 만들면서 재벌개혁을 주장했던 겁니다. 우리나라 기업들도 제발 좀 부채경영을 하지 말고 자기자본으로 경영하는 건강한 기업이 되자, 부채 비율을 낮추자, 중소기업에게도 금융 혜택이 돌아가게 하자, 그런 주장을 계속했어요. 그때 제가 만든 자료집이 히트 좀 쳤지요.

재벌들이 잘되면 낙수효과로 우리나라 경제가 더 좋아지리라 믿는 사람이 아직도 있을까요? 환상이지요. 밑에서부터 돈이 올라와야 합니다. 그걸 '분수경제'라고 칭합니다. 가난한 서민과 중산층의 소득이 커져야 해요. 중소기업이 나라의 근간이 되어 혁신을 주도해야 하고요. 이십 년을 넘게 이런 얘기했네요.

노사정 대타협

노사정위원회에서 간사 활동을 했을 때의 일입니다. IMF 위기를 극복하기 위해서는 노사정 대타협을 해야 했어요. 노사정 대타협을 하기 위해서는 노사정위원회에 '민주노총'이 참여해야 했고요. 1997년 당시에는 '한국노총은 어용, 민주노총은 정상'이라는 관념이 있어서 민주노총의 참여가 없는 노사정위원회는 별로 의미가 없는 거였어요. 그래서 민주노총 참여조건으로 '전교조'를 합법화하기로 약속했습니다. 노사정위원회에서 제가 주로 협상을 담당하고 있었으니까 형식적으로는 그 약속을 한 사람이지요.

약속을 지켜야만 했어요. 그래서 국회 재경위에서 환경노동위원회로 자리를 옮겼습니다. 국회의원을 설득하느라 애썼지요. 환경노동위원회와 법제사법위원회를 통과해서 본회의에 상정했는데 당시 야당인 한나라당이 본회의장을 봉쇄해서 못 들어가게 했어요. 당시 선두에 서서 몸싸움을 하느라 허리도 다치고 정말 고생했는데, 그때 선물로 받은 금빛 초선 국회의원 배지를 잃어버린 게 지금 생각해도 아까워 죽겠습니다.

전교조 합법화 약속을 지킨 다음에 서울시 메트로 파업이 이어졌습니다. 메트로 노조가 몰리는 상태였어요. 내가 중재하러 갔습니다. 또 타협을 했어요. 그랬더니 경영계 쪽에서는 "아니 그놈들 이 기회에 다 죽여버리지 뭐 하러 그걸 살려주냐."는 거예요. 그게 단견이지요. 우리가 외환위기를 극복하려면 서로 양보하면서 모두가 타협해야 했어요. 당시 밤을 새면서 노력하고도 욕을 먹었지만, 노사정 대타협이 있었기 때문에 우리가 경제위기를 더 빨리 극복했다고 생각해요.

그리고 나서 한참 동안은 한국이 어떻게 노사정 대타협을 이루어 냈는지 외국 사람들이 배우러 오는 경우도 많았습니다.

16대 대선

2002년 대통령선거를 앞두고 민주당에서는 국민참여경선을 했어요. 그 당시 김근태, 김중권, 노무현, 이인제, 정동영, 한화갑, 이렇게 경쟁했어요. 한화갑 후보는 광주 경선에서 패하면서 그만두었지요. 노선이나 생각은 김근태 선배를 지지하지만 그분이 인기가 없으니 가능성이 별로 없다고 생각했습니다. 세 분이 남았어요. 이인제, 정동영, 노무현. 당시 저는 이인제 씨에 대해 약간의 부채의식 같은 게 있었습니다. 15대 대선에서 이인제 씨가 출마했던 게 우리가 대선에서 승리하는 데 도움이 됐고, 어쨌든 정권교체에 이인제 씨가 기여한 게 있다고 생각했어요.

그런데 한번은 이인제 후보가 내게 전화를 해서는 노무현을 완전히 빨갱이로 모는 거예요. 중상모략을 들으니 내 마음이 변해 버렸습니다. 그래도 이인제 씨가 되는 것도 괜찮겠네, 라고 생각했던 때였는데, 안 되겠네, 형편없는 분이네, 라는 마음으로 바뀌었습니다. 결국 노무현 후보밖에 없지 않겠나 생각했습니다. 그냥 그런 생각만 있었을 뿐 경선에는 관여하지 않았어요. 그 무렵 전라북도 도지사 경선에 나가게 됐습니다.

당시 노무현 후보가 내게 전화를 했어요. "아니, 뭐 젊은 사람이 지사 같은 거 할라 그러냐. 나하고 함께 정권 재창출이나 하자." 곤란했어요. 정중히 답했습니다. "지금 제가 판을 벌려놨습니다. 저 혼자 하는 것도 아니고 같이 하는 사람들도 있는데 어떻게 제가 그걸 그만두고 갑니까." 사양을 했지요. 하지만 전북도지사 경선에서 영점 몇 퍼센트 차이로 지고 말았습니다. 강현욱 씨가 됐어요. 상대방

쪽에서 돈을 매우 많이 썼다는 얘기도 있었습니다.[15] 그래도 지리라고는 꿈에도 생각을 안 했는데 진 거예요. 어쩔 수 없었지요. 인생사 누구나 실패하기도 하는 법이니까요. 그러다가 노무현 후보의 대선기획단 정책실장을 맡게 되었습니다. 기획단 단장은 문희상 씨였습니다.

당시 노무현 후보 지지율이 60%대까지 올라갔다가 계속 떨어졌습니다. 나중에는 십사점 몇 퍼센트까지 떨어졌어요. 대선기획단에서 활동하기 시작할 때에는 노무현 후보가 어디 간다 그러면 의원들이 쫙 몰려오더니 하나씩 빠지더군요. 완전 파리만 날렸어요. 나중에는 대통령 후보가 어디 가려고 해도 혼자였습니다. 그러다가 그해 여름 골프 모임에 갔는데, "이제 노무현은 안 되니까 후보를 바꾸자."라는 얘기가 공론처럼 오가더군요. 그래서 내가 말했지요. "설령 지더라도 국민 경선으로 뽑힌 후보를 바꾸는 것은 민주주의 원리에 맞지 않는다. 지면 어떠냐. 나는

---

15 2002년 6.13 지방선거 새천년민주당 도지사 경선과정에서 강현욱 후보 측에서 금품살포, 향응제공 및 196명 선거인명부 바꿔치기 사건이 발생했다. 선거법 위반으로 다수 처벌되었고, 특히 선거인명부 바꿔치기로 4명이 기소되어 유죄판결을 받았다. 강현욱 후보는 정세균 후보를 불과 35표 차로 꺾고 도지사에 출마해 당선되었다.

절대 안 하겠다. 앞으로는 이 모임에 안 나오겠다."

약속을 했으면 지켜야지요. 정치인이 약속을 지켜야 정치
의 품격이 유지되지 않겠습니까? 경선은 국민과의 약속입
니다. 손해를 보더라도 함부로 약속을 철회하지 않고 계
속 가야 한다고 생각했어요.

그러고 나서 노무현 후보를 모시면서 아주 고생했습니다.
당의 기라성 같은 사람들이 뒷짐지고 있으니까 이리 뛰고
저리 뛸 수밖에요. 신행정수도 공약도 제가 대전에서 발표
했던 거예요. 이광재 씨와 안희정 씨도 실무를 맡아 고생
했지요. 당시 대선기획단에 돈도 없고 당에서는 돈을 잘
안 주고 참 어렵게 캠페인을 했습니다. 우선 급한 대로 제
사비를 써 가면서 전문가들을 모시고 공약을 만들며 이
리 뛰고 저리 뛰어다녔습니다. 그때 국민들께서 희망저금
통을 보내주셨지요. 그리고 이겼습니다.

참여정부에서

나는 이해관계에 따라서 왔다갔다 하는 것을 꺼리는 성격이에요. 신중하게 생각하고, 한번 결정하면 이득을 보든 손해를 보든 웬만하면 진득하게 밀고 나가는 거지요. 누구를 도와주기로 약조하면 손해인 줄 알아도 중간에 철회를 안 하고 계속 갑니다. 이런 성정 덕분에 노무현 대통령이 당선되는 데 기여를 좀 했어요. 참여정부 시절에는 산업자원부 장관에 임명되어 정부조직에서 일하는 기회를 얻었습니다.

참여정부가 출범했을 당초에는 당에 계속 남았어요. 열린 우리당에서 원내대표를 맡았지요. 그때 노무현 대통령이 원하는 걸 제가 다 성사를 시켜줬어요. 여러 가지 입법도 해결하고, 당시 윤광웅 국방부 장관 해임건의안도 부결시 켰고, 정부조직법, 복수차관제 이런 것도 야당을 설득해 서 도입해줬습니다. 행정수도특별법도 통과시켰지요. 노무 현 대통령이 '저놈은 생긴 것은 얌전하게 생겼는데 뭔가 성과를 만들어 내네.'라고 저를 평가했던 것 같아요. 그래 서 산자부 장관으로 입각되었습니다. 그 일을 잘하고 싶 었지요. 하고 싶었던 일이었어요. 정치싸움보다는 제 체질 에 맞는 일이라고 생각했어요. 한미 FTA도 잘 대응하랴 수출 성과를 내랴 분주하게 활약하던 시절이었습니다. 에 너지 복지 개념이라는 걸 처음으로 도입하기도 했어요. 극 빈층 사람들이 단지 돈이 없다는 이유로 한겨울에 전기나 가스를 끊어버리지 않도록 에너지 재단을 만들었어요. 에 너지 기업이 출자해서 만든 재단으로 거기서 대신 납부하 게 한 거지요. 실지로 산자부에 가서 역대 장관 중에 누가 괜찮았냐 그러면 제가 항상 꼽힌다고 들었습니다. 그 정 도로 체질에 맞는 일이었어요. 더 오래 정부조직에서 일하고 싶었습니다.

하지만 1년도 채 일하지 못하고 당으로 복귀하고 말았지요. 당시 열린우리당이 리더십 부재 등으로 난리가 났었거든요. 당을 추스려 달라는 노무현 대통령의 미션을 받았습니다. 참여정부가 마지막까지 역할을 잘할 수 있도록 당에서 뒷받침해야만 한다는 것이었는데, 그 후로 당이 큰 어려움을 겪을 때마다 제가 해결사로 나서야 했어요. 그러느라 정작 체질에 맞는 정부조직에서는 길게 일하지는 못했습니다. 그게 아쉽지요.

마인드 컨트롤 1

저는 전라북도 무주, 진안, 장수 그리고 임실군에서 4선 국회의원을 했습니다. 솔직히 말해서 호남에서는 민주당 공천만 받으면 당선되는 거나 마찬가지였어요. 지역 주민들에게는 정말 고마운 마음이었습니다. 그런데 호남 지역구 주민들이 네 번씩이나 당선시켜 줬으면 후배들도 좀 자리가 있어야 되고, 국회의원이 취직해서 자리를 꿰차는 직업도 아닌데 뭔가 새로운 도전이 필요하지 않겠냐는 생각이 들었습니다. 그래서 다음 선거에서는 호남에서 출마하지 않겠다고 선언했어요. 수도권 격전지에서 싸워보고 싶었습니다. 그런데 어디에서 출마를 하지? 미처 그 생각까지는 못했지요. 어떻게 하다 보니 종로가 비어 있었고, 그래서 종로에 출마하기로 결심했습니다.

종로를 정치 1번지라고 하잖습니까? 하지만 이곳은 우리 민주당한테는 굉장히 불리한 지역이었습니다. 13대부터 18대까지 여섯 번에 걸친 총선거에서 민주당이 한 번도 이기지 못한 곳입니다. 보궐선거에서 노무현 대통령이 한 번 이긴 것밖에 없습니다. 그래서 기본적으로 종로는 불리한 지역이니까 다른 사람들도 별로 종로로 갈 생각을 안 했지요. 엄두를 못냈습니다. 좀 상징성이 있는 정치인이 도전해야 되는 곳이 종로였으므로, 야당 대표까지 한 내가 종로로 가야 되겠다고 결심했습니다.

우선은 당원들부터 시작했어요. 열심히 했지요. 접촉할 수 있는 기회가 있으면 때와 장소를 가리지 않고 최선을 다해서 열심히 뛰었습니다. 아침에 관광버스를 불러서 어디론가 놀러가는 사람들이 있어요. 거기에 지방의원들이나 구청장이 가서 인사를 해요. 잘 다녀오시라고요. 호남에서는 그런 데를 한 번도 간 적이 없었어요. 이걸 어떻게 하지? 내가 당 대표도 하고 4선 의원인데 아침 일찍 버스 타고 놀러가는 사람들에게까지 표를 동냥하는 게 괜찮을까라는 생각도 들었지요. 마인드 컨트롤을 했어요. 로마에 가면 로마 사람이 돼라, 종로에 왔으면 종로 사람이 되어야지. 그냥 즐기자. 그런데 잘 안 되더라고요. 처음 인사를 하는데 약간 좀 켕기고 몹시 그렇더라고요. 그래서 다시 마인드 컨트롤을 했습니다. 야, 이게 즐겁다, 새로운 사람들과 이렇게 알게 되고 인사하고 그러니까 얼마나 즐거운 일이냐. 그렇게 스스로 자기 최면을 걸었습니다.

열심히 주민들을 만나고 악수를 했습니다. 명함을 나눠주고요. 거의 대부분의 주민이 자기가 지지하지 않아도 잘 맞아주지요. 그런데 고약한 사람들도 있어요. 명함을 주는데 거절을 한다든지, 또 보는 앞에서 버려 버린다든지, 터무니없는 질문을 해서 어떻게든 공격하고 모욕을 주려는 사람들도 있습니다. 그렇지만 그런 경우에도 마인드 컨트롤을 하면서 늠름하게 잘 감당해야 합니다. 그렇다고 싸울 수는 없는 일이잖아요. 종로 인구가 16만 명 정도 되니까 이런 사람도 있고 저런 사람도 있는 게 아닌가, 16만 분의 일이 아닌가, 이러면서 마음을 다스렸습니다.

당시 상대방은 친박 진영의 좌장 역할을 하던 홍사덕 씨였습니다. 나는 선거 한 7개월 전에 가서 그렇게 했는데, 여당의 홍사덕 후보는 선거 3개월인가 남겨놓고 왔지요. 그렇게 열심히 하지도 않았어요. 쉽게 이겼어요. 5선 국회의원이 되었지요. 종로구에서는 초선의원이 되었습니다.

비정한 사람들

이명박 정권 시절에는 눈물나도록 싸웠습니다. 비참한 마음이 이어졌어요. 노무현 대통령이 서거한 것은 이명박 정권의 비정함 때문이었지요. 검찰이 대통령 기록물로 망신을 주고, 없는 거짓말을 지어내 모욕을 줬잖아요. 그때, '이야, 이 사람들 좀 지나치다. 똘레랑스라고는 전혀 찾아볼 수 없는 아주 비정한 사람들이다.'라는 생각을 했습니다. 반감이 많을 수밖에요. 어떻게든지 민주당을 재건하고 싶었습니다. 김대중 대통령 이후에 진전돼 온 민주주의의 후퇴를 어떻게든 막아야겠다는 절박한 책임의식이 생겼어요. 중과부적의 소수파였지만 민주주의를 지켜야 한다는 사명감 때문에 모든 걸 희생해 가면서까지 싸워야겠다는 각오가 있었어요. 그때 처절한 싸움이 있었기 때문에 비정한 사람들로부터 정권을 되찾아 올 힘을 얻었다고 생각해요.

18대 대선

2012년 총선거에서 종로구 국회의원으로 당선된 다음에 대선 출마를 선언했어요. 그게 그냥 '범생'의 행동이었지요. 종로에서 이기면 대선에 도전해보겠다고 총선거 전에 선언했었습니다. 이제 총선에서 이겼으니까 정직하게 약속을 지켜야 했어요. 그래서 민주통합당 대선경선에 출마했던 거예요. 아무것도 준비가 안 되었지요. 서울 광장시장에서 출정식을 했어요. 그때 초청장도 보내지 않았는데 경쟁자인 문재인 후보가 왔어요. 아니, 남의 잔치에 왜 왔지, 라고 하면서 서로 웃었지요.

당시 저를 포함해서 문재인, 손학규, 김두관, 이렇게 경선했습니다. 제주에서 시작해서 울산으로 넘어왔어요. 그때 손학규 씨와 김두관 씨가 공정성 시비를 이유로 경선을 보이콧하려고 했어요. 그래도 경선을 무산시키는 것은 옳지 않다는 생각에 저는 참여하겠다고 했습니다. 청주에서도 마찬가지였어요. 뭐, 저야 이미 탈락 수준이었습니다만, 그래도 경선 지킴이 역할을 하며 끝까지 당내 경선이 잘 치러지도록 했지요. 문재인 후보가 18대 민주당 대통령후보로 뽑혔습니다.

18대 대선은 우리 민주당이 승리했어야 되는 선거였어요. 워낙에 이명박 정부가 4대강부터 시작해서 방송 장악이라든지 여러 분야에서 실정이 많았거든요. 그런데 대선 캠페인이 너무 허수룩했어요. 당시 문재인 후보가 전통적인 선거대책위원회를 꾸리지 않고 네트워크 캠프를 만들어서 선대위원장이 없는 수평적인 조직으로 선거를 했던 거예요. 대선이 이미 시작되고 나서 저한테 SOS가 왔어요. 선거를 좀 지휘해 달라고요. 그래서 상임고문 자격으로 실질적으로 선거를 지휘하게 됐어요. 해결사 역할을 한 거지요. 들어가 보니까 이건 체계가 없이 얘기만 쏟아지고 팔로업도 안 되고 지휘도 없고 중구난방에 완전히 오합지졸 선대위원회였어요. 당을 제대로 활용하지 못하고 있더군요. 어쨌든 열심히 잘 추스렸습니다. 개표를 하는 순간까지도 우리가 승리할 거라고 생각했어요. 이명박 정부가 국민들로부터 전혀 신망이 없었으니까요.

하지만 졌습니다. 이길 줄 알았는데, 이겨야만 했는데 못 이겼어요. 반성을 많이 했습니다. 이 패배는 참으로 국가적인 손실이었어요. 결국 박근혜 정부가 탄생했고 그로 인해 최순실 사태를 포함한 국정농단이 발생했으니까요.

선거는 국가의 명운을 좌우하는 일로 생각해야 해요. 그냥 민심에만 맡겨서는 안 됩니다. 선거에 임하는 자세나 선거를 관리하는 방법, 조직 관리를 어떻게 해야 할지, 정책을 어떻게 개발하고 정책경쟁을 할 것인지 등을 포함해서 선거 캠페인을 생각해야 해요. 문재인 대통령이 더 일찍 대통령이 되었어야 했는데, 우리가 잘못한 거예요.

마인드 컨트롤 2

국민을 믿는 건 좋은 일입니다. 하지만 여론을 믿는 건 조심해야 해요. 여론조사 결과는 그 조사방식에 따라 틀릴 때가 많습니다. 언론은 정확성 여부를 따지지 않고 잘못된 여론조사 결과를 크게 보도하곤 하는데, 그 보도 때문에 마음에 상처를 입는 것은 국회의원을 여러 번 했든 나이를 많이 먹었든 상관이 없더군요. 20대 총선 때의 일입니다. 남이 볼 때에는 아주 재미있는 일이 발생했지요. 저야 속이 뒤집어졌었고요.

그 당시 총선거에서 여당인 새누리당이 크게 승리할 것으로 보도되었습니다. 김어준 씨가 하는 팟캐스트에 갔었는데, "다들 총선에서 민주당이 참패한다던데." 하고 반놀리더군요. "그렇지 않아요. 국민을 믿어보세요. 지금 박근혜가 저렇게 실정을 하고 있는데 국민들이 그 정당을 손들어줄 거 같아요? 우리가 19대 때보다 의석이 늘어날 거예요. 참패 안 합니다."라고 답했습니다. 그런데 언론에서 종로구 마지막 여론조사를 발표하더군요. 제가 상대편 오세훈 후보한테 17.3%로 지는 것으로 나왔어요. 이런 터무니없는 수치를 보고 아주 복잡한 심정이 되었습니다. 그게 딱 엉터리라고 생각하면서도 그 하루는 아주 의욕이 떨어지고 다리에 힘이 빠졌어요. 그날은 선거운동이 잘 안 되더군요. '아이씨' 하면서 돌아다녔습니다.

마인드 컨트롤을 했지요. 실제로 주민들을 만나면 달랐으니까요. 제가 이기고 있다고 생각했습니다. SNS에 썼어요. "그 숫자를 꼭 기억해 주십시오. 엉터리임을 제가 증명해 보이겠습니다." 그다음 두고 보자 두고 보자 하면서 더 열심히 뛰었습니다. 그 결과 종로구 선거 사상 가장 큰 표

차이로 이겼습니다. 10,852표였어요. 언론이 17.3% 진다고 예상했지만 12.7% 이겼습니다. 30%의 오류인 거예요. 이런 건 여론조사라고 할 수도 없는 일이에요.

저는 네거티브보다는 포지티브 캠페인을 선호합니다만, 그래도 총선이니까 야당으로서는 정부여당을 비판하기도 하잖습니까? 그런데 박근혜 대통령은 자리만 차지하고 앉아서 아무것도 하지 않았으므로 비판할 게 별로 없었어요. 실제로 최순실 사태 이후에 나중에 밝혀졌습니다만, 일을 안 해도 저렇게 안 하는지는 몰랐잖아요? 비판할 게 별로 없으니까 더욱 포지티브하게 선거 캠페인을 했던 것 같아요. 인상 쓰며 남을 욕할 일이 없으니, 웃으면서 주민들을 만났었지요.

문재인 대통령

본래 정치인들은 다 경쟁관계입니다. 하지만 문재인 대통령과 나는 경쟁관계보다는 줄곧 협력관계였어요.

문재인 대통령이 참여정부에서 민정수석 비서관을 할 때 나는 당에서 원내대표를 했고, 문 대통령이 비서실장을 하고 있을 때 당의장을 했었지요. 여당과 청와대는 상시 소통해요. 당시 민원성 전화도 여럿 했어요. 그때마다 문재인 수석과 문재인 비서실장은 잘 경청해 줬지요. 경청은 잘하시지만 짠분이셨어요. 희망을 걸고 전화했지만 실망을 체험하는 일이 왕왕 있었지요. 공적인 일을 처리하는 데 사사로운 배려나 정치적인 결정을 잘 안하는 스타일이었습니다. 공무에 철저한 분이셨어요.

노무현 대통령이 서거하셨을 때 나는 민주당 대표를 맡고 있었어요. 민주당이 공식적으로 장례를 치르면서 당 대표인 제가 상주노릇을 했습니다. 문재인 대통령은 여전히 고인의 비서실장과 대리인 역할을 했지요. 나는 형식적인 상주, 그리고 문재인 대통령은 실질적인 상주였습니다.

국민들이 국회의원이나 장관에게 기대하는 생각과 대통령에게 기대하는 생각이 좀 달라요. 국회의원까지는 자기가 좋아하면 찍어줍니다. 하지만 대통령은 '내가 기댈 수 있어야 한다'고 생각하는 것 같아요. 그래서 위기 관리능력이 있어야 해요. 대통령에게는 위기에 강한 면모가 필요한 거지요. 문재인 대통령이 높은 지지도를 유지하는 까닭은 그런 위기 관리능력 면모를 보여줬기 때문입니다. 취임 초기에 남북관계가 굉장히 어려웠잖아요? 동계올림픽을 잘 활용해서 그걸 반전시켰지요. 평양시민 앞에서 연설한 최초의 지도자가 되었잖아요? 높은 지지율은 공짜가 아닙니다. 위기에 강한 면모를 보여주면 그걸 국민들이 신뢰하고 지원합니다.

국가의 복지정책

국가의 복지정책은 여야가 국회에서 입안하고 서로 협의해서 심의하고 통과시킨 법률에 의해 만들어집니다. 복지는 어느 한 정당의 전유물이 아니고, 또 한 정당의 힘만으로는 안 됩니다. 그러니까 국민을 위해서라도 늘 열린 마음과 대화가 중요하지요. 제가 열린우리당 원내대표를 할 때의 일입니다. 2005년, 저출산·고령사회기본법을 만들었어요.

당시 한나라당도 기여를 했습니다. 원래는 고령사회기본

법을 만들려고 했어요. 그런데 한나라당에서 고령사회도 문제지만 저출산도 문제이므로 저출산도 반영한 법률을 만들자고 했어요. 그래서 좋다고 했지요. 한나라당의 의견을 받아들여서 저출산·고령사회기본법이 만들어졌습니다. 그 법을 기본법으로 해서 기초노령연금법도 제정되었고, 기초노령연금이 우리 국민들에게 지급되기 시작했습니다.

자전거로 출근하는 국회의원

언젠가 종로에서 만난 분이 내게 이런 말씀을 하셨습니다. "스웨덴 국회의원들은 자전거 타고 출근하는데 어째서 한국 국회의원들은 좋은 차를 타고 다니는 것이오?" 그래서 내가 말했어요. "그런데 스웨덴은 가보셨어요?" 그랬더니 안 가봤다고 그러시더군요. "거기는 바로 국회가 코앞이라서 자전거 타고 가도 되는데, 우리는 좀 멀지 않습니까? 제가 종로에서 국회까지 자전거를 타고 출근한다고 생각해 보세요, 상계동에 사는 국회의원도 여의도까지 자전거를 타고 다녀볼까요? 그러면 일을 할 시간이 부족해질 것 같은데요?"라고 답했지요. "우리나라는 인구가 오천 만이고, 우리를 다른 나라와 비교하려면 프랑스, 영국, 이탈리아 이런 나라와 비교해야지, 덴마크, 노르웨이, 스웨덴 같은 작은 나라와 비교하면 안 됩니다. 지리적으로도 그렇고 또 국력이나 인구나 이런 걸 두루 살펴봐야 하지 않겠습니까?"[16] 이렇게 덧붙이니 아무 말씀 하지 않으셨습니다.

국회의원들이 국민들로부터 하도 미움을 받아서 그런 것이겠지요.

---

16 스웨덴 인구는 약 1,030 만, 덴마크 인구는 약 570 만, 노르웨이 인구는 약 520 만 명이다. 반면 프랑스 인구는 6 천 7 백만, 영국 인구는 6 천 5 백만, 이탈리아 인구는 6 천 1 백만이다. 한국의 인구는 약 5 천 2 백만 명이다.

국회의원 특권 내려놓기

우리나라 국회의원은 지나치게 특권을 누리면서 일은 하지 않는다는 낙인이 찍혀있잖아요? 국회가 국민들로부터 신뢰를 회복해야만 국민을 위해 일할 수 있고 또 국가에도 도움이 되겠지요. 그래서 국회의장이 되자마자 '국회의원 특권 내려놓기 추진위원회'라는 기구를 만들었어요. 먼저 무슨 특권이 있는지 정확히 알아본 다음에 의정활동하는 데 꼭 필요한 게 아니면 버림으로써 국민한테 신뢰를 얻어야겠다고 생각했습니다. 정치와는 상관없이 '이 사람 하면 정말 괜찮은 사람'들을 위원으로 모셨지요. "국회의원 특권이 무엇무엇이 있는지 확인을 좀 해주십시오. 그다음 그 특권 중에서 무엇을 어떻게 없앨 것인지 고견을 주십시오."라고 부탁했습니다.

그런데 사람들이 말하기를 국회의원 특권이 이백 가지라는 거예요. 아무리 계산해 봐도 스무 가지도 안 세어지는 겁니다. 국회의원 특권이 이백 가지가 된다는 보도를 낸 언론사에 공문을 보냈지요. 그 이백 가지 특권이 무엇인지 알려달라고요. 그랬더니, '특권이 그렇게 많다고 어딘가에서 들어서 그렇게 썼다'는 답이 돌아왔습니다. 아니, 근거도 없으면서 그런 기사를? 추진위원회는 국회의원 특권이라고 할 만한 것을 다 찾아내서 없앴습니다. 대표적으로 '불체포특권'이라는 게 있는데 국회의원이 범죄혐의가 있어도 절차적인 이유로 체포를 할 수 없어요. 그래서 '방탄국회'라는 말이 나왔지요. 그걸 없앴습니다.[17] 피감

---

17 헌법 제 44 조 제 1 항은 〈국회의원은 현행범인인 경우를 제외하고는 회기중 '국회의 동의 없이' 체포 또는 구금되지 아니한다.〉라고 규정한다. 따라서 국회의원을 체포하려면 '국회의 동의'를 얻어야 하는데, 동의 절차가 문제였다. 검찰이 국회의원을 체포하려면 체포동의안을 국회로 송부한다. 그러면 72 시간 이내에 표결한다. 과거에는 회기가 없으면 회기를 열면서 체포동의안에 대해 '표결하지 않고' 72 시간을 보냈다. 그러면 검찰의 체포동의안은 자동으로 폐기되는데, 이때의 국회를 '방탄국회'라 한다. 개정 국회법 제 26 조 제 2 항은 '체포동의안이 72 시간 이내에 표결되지 아니한 경우에는 그 이후에 최초로 개의하는 본회의에 상정하여 표결한다.'고 규정한다. 국회가 불체포특권을 악용하지 못하도록 개선했다는 이야기.

기관의 지원을 받는 해외출장은 원칙적으로 금지되었어요. 친인척 보좌진 채용도 금지되었지요.

지금은 이제 국회의원 특권이랄 게 거의 없어졌지만, 이런 저런 특권을 없앴다고 '오냐 잘했다'며 국민이 국회를 신뢰할까요? 특권을 없애도 국회의원이 자기 할 일을 제때 하지 않으니 이게 더 문제 아니에요? 일하지 않는 국회는 정말 부끄럽고 염치없는 일이라고 생각합니다.

많은 국민이 오해하고 있습니다만, 국회의원도 다른 국민처럼 돈을 내고 비행기나 KTX를 탑니다. 무료는커녕 할인도 없습니다. 좌석 업그레이드도 없어요. 관용차량도 지급되지 않아요. 과속이나 신호위반으로 티켓 받으면 과태료를 냅니다.

세무사

몇 년 전만 해도 변호사 자격이 있으면 세무사 자격증을
자동으로 취득했어요. 그렇지만 세무사 일을 하는 변호사
를 보셨어요? 변호사가 일은 하지 않음에도 세무사 자격
을 갖고 있다니, 상식에 맞지 않습니다. 이상민 의원이 오
랫동안 이것을 없애려고 노력했어요. 하지만 상식에 맞게
법을 개정하는 일이 쉽지는 않답니다. 법안이 발의되면
상임위 1차 관문을 통과해야 하고 그다음 2차 관문이 국
회 법제사법위원회인데 여기에 변호사 출신 국회의원들
이 많습니다. 법사위에서 결론이 나지 않으면 본회의에 상

정할 수 없어요. 정해진 시기 안에 본회의에 상정이 안 되면 그 법안은 폐기됩니다. 변호사에게 세무사 자격을 부여하는 잘못된 제도를 오랫동안 바로잡지 못하는 까닭이 바로 이런 국회 구조 때문이에요. 국회의장 시절에 직권상정으로 바로잡았습니다. 내가 법대를 졸업했기 때문에 주위에 변호사가 많아요. 이해관계를 따지면 굳이 국회의장 권능을 이용하지 않아도 되지만, 정치인은 자기한테 불리하더라도 무엇이 국민에게 이로운 일인지를 생각해야만 하거든요.

세무사가 전문 지식을 잘 활용해서 납세자가 사업을 지속적으로 영위할 수 있도록 도와주면 결국 그게 국민에게 이롭고 국가를 돕는 일입니다.

나만 몰랐네

국회가 하는 일 중에 공공기관을 감시하는 일이 있습니다. 그걸 '국정감사'라고 해요. 국회의원은 감사를 받는 기관('피감기관')이 제 할일을 잘하고 있는지 감사를 하게 되는데, 그 피감기관의 돈으로 외국으로 출장 가는 건 이상하잖아요? 24년이나 국회의원을 하면서 한 번도 그게 가능하다고 생각해 본 적이 없어요. 언젠가 '그게 관행이다'라는 말을 듣고 무슨 말도 안 되는 소리를 하느냐며 막화를 냈어요. 그런데 국회의원 특권 내려놓기 추진위원회가 조사해 보니 제가 잘못 알고 있었더군요. 나만 몰랐네

했어요. 국회의원은 다 나 같은 줄 알았지요. 등잔 밑이 이 렇게 어두울 수 있는지 반성을 많이 했습니다. 원칙적으로 금지시켰으니까 이제는 근절되지 않았을까 생각해요.

국회의 약점

국회는 입법기관입니다. 새로운 법을 발의해요. 그런 다음 심의를 하지요. 그리고 의결합니다. 간단하게 말해서 발의, 심의, 의결의 순서인데, 우리 국회의 약점은 법안심사를 하지 않는데 입법 발의는 굉장히 많다는 점이에요. 법안을 발의해 놨으면 그걸 심의해야 될 거 아니에요? 그런데 그냥 기다리고 있지요. 우리나라처럼 이렇게 법안 발의가 많은 나라가 없어요. "아니, 심사도 안 할라면서 뭐하러 발의를 하냐."고 말해 보지만, 국회의원 실적용 발의도 꽤 있지요. 발의를 많이 하면 일을 많이 한 것처럼 보이니까요. 어쨌든 입법 발의를 아무리 많이 해도 법안심의를 하지 않으면 일을 하지 않는 거잖아요? 그 법안에 의해 어떤 일을 하거나 아니면 못 하거나 영향을 받는 국민들이 있어요. 그 국민들이 그 법안만을 쳐다보고 있는데 국회가 그걸 외면하니 이건 참 면목이 없는 일입니다.

비현실적인 얘기가 되겠지만 정말 일 좀 하는 국회가 되었으면 좋겠습니다. 정쟁은 피할 수 없겠지요. 하지만 지나친 정쟁 때문에 아무것도 되는 게 없는 국회는 좀 바뀌었으면 좋겠습니다. 그런데도 오히려 정쟁은 날로 더 심해져서 실망스럽기 그지없어요. 옛날에는 싸우더라도 조금은 '유대'가 있었어요. 싸울 때는 싸우고 싸움이 끝나면 정당과 관계없이 정상적인 동료 관계로 돌아오고 그랬던 거 같아요. 밥도 자주 먹고, 술도 한 잔씩 하고, 운동도 같이 하기도 했는데, 점차 여야 관계가 삭막해지면서 그런 활동들이 거의 위축되고 말았지요. 아주 드라이해졌어요. 인성 때문인지 과욕 때문인지는 몰라도 '막말을 했더니 득이 되더라'라고 생각하면 계속 상대방을 인격모독하지 않겠어요? 막말을 해서라도 언론에 많이 나오면 된다는 생각에서 그러는지 모르겠는데 하여튼 정치인이 이러면 안 됩니다.

박근혜 대통령 탄핵소추

우리 역사에서 국회가 대통령 탄핵소추를 한 일이 두 번 있었습니다. 그 두 번 다 제가 국회의장석에 앉았어요. 한 번은 민심에 반하는 부당한 탄핵소추안을 막기 위한 농성이었고, 다른 한 번은 국정농단에 대해 촛불민심이 추동한 평화로운 절차였지요.

촛불정국 때 나는 탄핵이라는 극약처방보다는 정치적인 타협을 통해 조기에 대통령이 권한을 이양하는 게 좋겠다고 생각했어요. 그런데 청와대는 그럴 생각이 전혀 없다는 거예요. 그 당시 새누리당의 책임 있는 분들한테도, "이게 도저히 정권 유지가 안 될 것 같아요. 나라에 극심한 혼란이 오는 것보다는 좀 현명하게 판단해야 되는 거아니오?"라고 말하기도 했어요. 당시 새누리당 의석수가 120석 가까이 됐어요. 그중 100명만 반대해도 탄핵은 불가능했지요. 참 고통스러운 때였어요. 표결 전날은 잠을 못 이루었습니다. 표결하러 국회 본회의장에 들어갈 때 갑옷을 딱 입고 갔습니다. '친박'이든 누구든 소란을 피울 가능성이 있다고 생각했어요. 만약 그 사람들이 시끄럽게 하면 어떻게 할지 미리 생각해 두고서 탄핵소추안 표결에 들어갔는데, 아주 조용하게 진행됐습니다. 나도 깜짝 놀랐지요. 표결을 하니 234명이나 탄핵소추안에 찬성했어요. 탄핵소추안 가결을 선언한 후 국회의사봉을 두드렸습니다.

지금도 그때 탄핵에 동참했던 새누리당 의원들의 용기에 대해서는 굉장히 존중해요. 그 사람들 마음이 좋았겠어요? 그 사람들이 동참을 안 해줬으면 안 되는 거예요. 그런데 같이 동참했으니까요. 당시 의원들은 개인적이거나 정파적인 이해관계를 뛰어넘어 국가적인 차원에서 고민했다고 생각해요.

그러고 나서 국회를 통과한 탄핵소추안을 헌법재판소로 보냈습니다. 그다음 이정미 재판관이 박근혜 탄핵을 선언했지요. 그 모습이 국민들의 기억속에 선명하게 남았겠지요. 저도 그렇습니다.

개헌

우리 헌법은 1987년에 만들어졌습니다. 흔히 '87년 체제'라고 하고, 30년이 넘었지요. 87년 체제는 직선제와 단임제입니다. 지금까지 경제적으로도 많은 성과를 냈고, 특히 민주주의를 성숙시킨 그런 공이 있지요. 하지만 그때의 대한민국과 오늘의 대한민국은 비교할 수 없을 정도로 많이 달라졌습니다. 큰 변화가 있었잖아요. 우리나라처럼 이렇게 급격한 변화가 있던 나라도 없어요. 헌법이 이런 큰 변화를 반영하는 게 바람직한 거지요. 특히 우리나라 역대 대통령 중에서 불행하지 않은 사람이 한 명도 없잖아요. 권력이 그렇게 집중이 돼 있지 않았다면 최순실 사태 같은 게 나올 수도 없어요. 권력이 집중돼 있기 때문에 그런 것이지요. 그래서 대통령에게 너무 많은 권력이 집중돼 있는 '제왕적 대통령제'를 개선해야 한다고 아주 확고하게 생각해요. '분권형 대통령제' 정도면 좋겠다, 대통령제는 유지하되 대통령의 권력을 지방으로도, 의회로도, 다른 쪽으로도 조금씩 분산시키는 방안이 필요하겠다, 나는 그렇게 생각합니다.

대통령이 모든 걸 다 할 수 있는 것도 아니고, 대통령 권력을 이용해서 그 밑에서 누군가가 잘못하는 일이 있다면 그게 나중에는 결국 문제가 되는 거 아니겠어요?

헌법 개정에 대한 논의는 국회에 다 정리되어 있습니다. 18대 국회 김형오 의장이 김종인 박사를 자문위원장으로 해서 헌법개정안을 만들었고, 19대 국회 강창희 의장 때에는 김철수 교수를 위원장으로 하여 보고서를 만들었어요. 제가 국회의장을 할 때 대선이 있었고 국회의장은 선거에 개입할 수 없으므로 중립 코너에서 대선 후보의 입장을 들으면서 개헌에 대한 공감대를 만들었어요. 개헌특위도 일 년 반 동안 운영을 했거든요. 준비가 아주 잘 되었어요. 문재인 정부도 정부안을 내놓기까지 한 상황이므로 개헌에 성공하는 게 정상이에요. 각 정파가 중요 쟁점 사항에 대해 결단만 하면 일주일이면 개헌안을 만들 수 있을 정도인데, 정파적인 이해관계 때문에 못하고 말았지요. 지방선거[18] 때 개헌 투표를 하기로 했었는데, 자유한국당에서 개헌안 표결을 하면 젊은 사람들이 투표장에 많이 나가서 투표율이 높아지고 그러면 민주당이 유리하다고 판단해서 못한다고 했어요. 하지만 그렇게 해도 졌잖아요? 개헌을 위한 국민투표를 했다면 당시 박근혜 정권의 실정과 북미 정상회담 같은 자유한국당에 불리한 이슈가 줄어들고, 결국 그 사람들한테 불리한 게 아니었는데 계산착오지요.

모든 게 때가 있는데 아쉽습니다. 상당히 쇠가 달궈져 있었거든요. 그때 두드렸어야 됐는데 타이밍을 놓쳐서 다시

개헌 동력을 확보하는 데는 좀더 노력과 시간이 필요할 것 같습니다.

정치란 무엇인가

정치란 기본적으로는 국민들의 눈물을 닦아주는 일이라고 생각해요. 어렵고 힘든 국민들의 민생을 챙겨주고 그들이 겪는 어려움을 해소시켜주는 것이 정치인 것이지요. 굉장히 심해진 양극화 현상을 어떻게 완화할 수 있을까, 이걸 어떻게 해소해서 다같이 잘살 수 있는 세상을 만들 수 있을까, 그런 생각을 하면서 정치를 하고 있습니다만, 사실 이런 생각만으로는 부족하지요. 사람마다 생각이 다르니까요. 그래서 정치에는 원리와 자세가 필요합니다. 민주주의 원리, 그리고 그 원리를 수용하는 자세를 말합니다.

'나를 따르라'라는 방식보다는 여러 사람의 의견을 잘 듣고 존중하는 것이 민주주의의 모습에 어울린다고 생각해요. 그래서 저는 무슨 일을 하든 독단적이거나 자기 중심적으로 일을 처리하거나 추진하지는 않아요. 사람들이 같이 참여하고 같이 토론하면서 결론을 도출하고 그렇게 도출된 결론을 존중하지요. 그런 자세로 그동안 정치를 해왔던 것 같아요.

국회의장과 국무총리까지 한 정치인이다 보니 누군가 제게 '앞으로 대한민국은 어떤 나라가 되어야 하는가'라고 미래의 비전을 물을 수도 있겠지요. 우리 미래 세대가 지금 우리 세대보다 더 잘사는 나라, 이것이 정세균의 정치입니다.

정치인의 귀가

정치인은 남의 이야기를 듣습니다. 들으면서 계속 생각해야 하지요. 하루 종일 말을 많이 해야 할 때도 있습니다. 그냥 생각나는 대로 말해서는 안 되니까 평소 연구도 해야 해요. 사람도 많이 만나고, 일도 많습니다. 정치인이란 개인보다는 국가를 먼저 생각해야 하는 직업이어서 쉴 겨를이 별로 없어요. 피곤한 직업입니다. 집에 귀가하면 그때 쉽니다. 주로 조용히 쉬는 편이에요. 노무현 대통령이 이렇게 말했어요. 밤에 잠을 자기 전에 누워서 내일 일을 생각하고 어떻게 말을 할지 궁리하면서 잠을 잔다고요.

그래서 저도 따라해 보려고 했어요. 잠자기 전에 내일 있을 '좋은 발언'을 떠올려 봤는데, 그때마다 금세 잠들고 말더군요.

제 5 장

응, 아저씨가 진짜 세균맨이야

하지만 이런 소프트한 외모나 성품 탓에

존재감에서는 오히려 손해를 보는 것 같아요.

그러나 어떻게 하겠어요?

타고난 것이 그런데.

학교 좀 다니게 해주세요

시간을 과거로 돌려볼까요? 초등학교를 졸업한 다음에
정식 중학교에 들어가지는 못했습니다. 정식 학교는 아니
지만 그래도 중학교 과정을 가르치는 '고등공민학교'라는
데를 다녔지요. 정식 중학교에 가려면 도시로 나가야 하
는데 그럴 형편은 못되었거든요. 그때 많이 걸었지요. 초
등학교는 왕복 8km, 고등공민학교는 왕복 16km를 걸어
서 통학했습니다. 그런 다음 검정고시에 합격했지요. 중
학교를 졸업한 겁니다. 산에서 나무도 하고 농사일도 돕
고 소도 키우고 그러다가 전주공업고등학교에 입학했습

니다. 공업학교를 나오면 백 퍼센트 취직이 됐으니까 취직할 요량으로 전주공고에 들어갔던 것이고, 이때 배운 기술이 나중에 종합무역상사에서 물건을 팔 때 많이 도움되었지요. 그곳에서 전교 1등으로 한 학기를 마쳤습니다. 그때 저를 무척이나 예뻐해 주신 한기창 선생님이라는 분이 계셨습니다. 선생님께서는 '너는 어떻게든지 대학에 가라'라며 저를 자극하고 영감을 주셨지요. 그때까지만 해도 그저 근근이 학업을 이어 가는 상황에서 어디 취직이라도 하면 참 다행이라고 생각했었거든요. 선생님의 말씀을 들어보니, 또 전주에 와서 주위를 살펴보니, 좀 뭔가를 깨우쳤다고 할까 트였다고 할까 이런 생각이 들었습니다. '대학에 가야겠다. 돈이 없더라도 이런저런 방법을 찾아서 노력하면 대학에 갈 수도 있는가 보다.' 여름방학 동안 궁리 끝에 인문계 고등학교에 전학을 가야겠다고 결심했습니다. 전주에 신흥고등학교가 있습니다. 용기를 내서 그곳 교장실 문을 두드렸지요. 똑똑똑.

"신흥고등학교에서 공부할 수 있도록 해주십시오. 대학에 가고 싶습니다. 제가 공부는 잘합니다. 지금 학교에서는 대학 입시 공부를 할 수 없습니다. 그러니 신흥고등학교에 좀 다니게 해주세요."

그랬더니 교장 선생님이 교감 선생님을 불렀습니다. 이 학생 좀 데리고 가서 한번 얘기도 해보고 그러라고요. 그 자리에서 테스트를 봤지요 영어와 수학 과목이었습니다. 학교에서 치렀던 모의고사 시험지였는데 제 성적이 아주 좋았던 것 같아요. 교감 선생님이 좋다고 오라고 하셨습니다. 지금 생각하면 그때는 참 얼굴이 두꺼웠던 것 같아요. 이렇게 답했지요. "저희 집은 돈이 없습니다. 학비를 면제해 주셨으면 합니다. 장학금도 좀 주셨으면 합니다." 그랬더니 이렇게 말씀해주셨어요.

"그래, 좋다. 학비를 면제해 주마. 근로 장학생이 있는데 그걸 한번 해봐라."

결국 학교 매점에서 일하면서 신흥고등학교에 다니게 되었습니다. 공부도 잘했고, 학생회장에 당선되기도 했지요. 호구지책만 생각하던 그 어린 시절에 참 좋은 분들을 만났습니다. 그렇게 해서 대학에도 진학하게 됐던 겁니다.
좋은 사람을 만나는 게 이렇게도 중요합니다.

그때의 전깃불

대학 졸업 후 경상북도 안동에서 3년간 군생활을 했습니다. 1976년 여름이었어요. 군에 입대한 지 1년 만에 휴가를 받았습니다. 경상북도 안동에서 전라북도 진안까지는 정말 먼 거리였지요. 고향집은 읍내에서 하루 한 편밖에 없는 버스를 타고 들어간 다음, 버스 정류장에서 다시 8km 정도 깊이 걸어가야 하는 두메산골에 있었어요. 아침 일찍 출발했지만 깜깜한 밤이 돼서야 고향 마을에 도착했는데 눈이 그만 휘둥그레지고 말았습니다. 가난한 산골 마을에 전깃불이 들어온 겁니다. 아주 입이 딱 벌어졌지요. 입대할 때만 해도 컴컴했던 마을이었어요. 밤마다 별이 쏟아지고 은하수가 흐르는 산골이었습니다. 구름이 가득한 밤에는 아무것도 보이지 않았지요. 등잔불이 마을의 밤을 지키던 그 깊은 곳에 전깃불이 들어왔던 겁니다. 물론 도시에 나가 살고 있었기 때문에 전깃불이 새로운 것은 아니었습니다. 하지만 산골 오지까지 전깃불이 들어오리라고는 상상도 못했어요. 세월이 흐른 지금도 그 시절의 희망스러운 고향집 모습이 눈에 선합니다. 가끔 그때의 전깃불을 생각납니다.

작은 장학회

처음 월급을 받던 달부터 월급의 일부를 떼어 그걸 장학
금으로 내놓았습니다. 내가 태어나고 자란 고향 후배들을
돕겠다는 취지였어요. 장학회도 만들었답니다. 무슨 대단
한 장학회는 못되었지요. 처음에는 학생 한 명 정도 도와
주는 수준이었거든요. 직장인 월급이 크지 않으니까요.
책을 사서 보내기도 하고, 무엇이 좀 필요하다는 연락을
받으면 그걸 도와주기도 하고, 돈이 좀 모이면 피아노를
사서 보내기도 했습니다. 가진 게 꿈밖에 없는 평범한 직
장인 시절에 시작했어요. 그렇게 미미하게 시작한 장학회

가 이제 거의 40년을 넘었습니다. 부자만이 남을 도울 수 있는 건 아닙니다. 물론 크게 돕는 것도 의미가 있겠지요. 능력이 되는 사람은 그 능력만큼 더 많이 남을 도울 수 있어요. 하지만 도움의 양질보다 더 중요한 건 '도움을 시작했다'는 게 아닐까요?

그러면 언제까지 도울 것인가만 남게 되는데, 제 경험을 말씀드리면, '무엇을 위해 남을 돕는가'를 잘 생각해 보는 거지요. 저는 정치인이 될 자격을 갖추려고 그 작은 장학회를 시작했어요. 남을 돕지 않는 사람이 정치인 될 수는 없잖아요? 뭔가라도 구실을 찾으면 더 오랫동안 남을 도울 수 있습니다. 작게라도요.

타고난 것이 그런데

저는 비교적 상대방을 존중하고 경청하는 편이지요. 생긴 것부터가 프랜들리하잖아요? 이건 노력해서 얻어진 게 아니라 그냥 타고난 것 같아요. 이런 성정이 국회에 진출할 때까지는 도움이 많이 됐어요. 그런데 우리나라 정치인들에 대한 덕목이라 할까요, 아주 강인하고, 투쟁적인 면모를 국민들이 선호하시지요.

혼자 생각하기로는 나도 그런 덕목에 전혀 부족함이 없었다는 자부심이 있긴 해요. 하지만 이런 소프트한 외모나 성품 탓에 존재감에서는 오히려 손해를 보는 것 같아요.
그러나 어떻게 하겠어요? 타고난 것이 그런데.

장인어른

건국훈장 애국장을 받은 독립운동가이신 제 장인어른[19]
은 경상북도 영일군 사람입니다. 일제 시절 독립운동을
이유로 감옥에 투옥되었다가 광복을 맞아 출옥하셨다고
해요. 영문학을 전공한 지식인이었지요. 정치에도 뜻이 있
었으나 모두 낙선했어요. 술도가를 하셨다는데 술을 못
마시는 사위를 얻었지요. 사위가 직장생활을 하다가 정치

---

19 최홍준(1920~1990). 국내에서 항일활동을 하던 중 치안유지법 위반으로 징역 5년 형을 언도
받고 옥고를 치르다가 1945년 8·15 광복으로 출옥했다. 정부에서는 그의 공훈을 기리기 위
하여 1977년 건국포장, 1990년 건국훈장 애국장을 수여하였다.

에 입문한다고 하니, '남자가 뭐' 이러시면서, 자기 능력은 이 정도밖에 안된다며, '딱 한 번만 도와주겠다'고 말씀하셨지요. 어쩌면 자기 실패를 사위가 풀어주기를 바랐을지도 모르겠습니다. 장인어른은 제가 국회의원이 되기 전에 돌아가셨어요. 가을에 돌아가셨고 사위는 이듬해 봄 국회의원이 되었습니다.

집사람

장인어른께서는 세 번이나 선거에 출마했어요. 3등, 2등, 2
등으로 모두 낙선하셨습니다. 선거가 한번 끝나면 빚쟁이
들이 와서 아랫목에 그냥 눌러 앉아있었대요. 집사람은
그런 모습을 보면서 컸어요. 그런데 이번에는 남편이 정치
에 입문하겠다고 했던 거지요. 집사람이 그러더군요. "당
신이 정치를 하는 건 좋다. 하지만 아이들 길을 완전히 막
고는 하지 마라. 집에서는 가족 걱정 없게 할 테니, 당신은
열심히 해봐라." 그래서 열심히 했지요. 다행히 나는 여섯
번 모두 당선되었으니까 장인어른의 한도 풀어드렸고 집

사람에게도 위로가 되었으리라 생각합니다. 집사람은 의정활동이나 정치활동에 일절 관여를 하지 않아요. 그러면서 가족 일은 걱정하지 말라며 내가 마음놓고 정치활동을 할 수 있도록 해주었지요. 외부 접촉도 별로 안 좋아해요. 언젠가 종로구 지역의원들과 부부동반 모임을 했어요. 그때 어느 부인께서 여자들도 따로 모여서 이런저런 봉사활동을 하면 어떻겠냐고 제안을 했어요. 집사람 반응은 이랬습니다. 살림이나 잘하자고요. 그런 사람이지만 선거 때만 되면 항상 나와서 남편 명함 나눠주며 도와줍니다. 고맙지요.

청년실업

정치를 하는 까닭은 자녀 세대들에게 더 좋은 사회를 물려주기 위함인데 이게 참 쉽지가 않아요. 멀리 볼 것도 없이 우리집 아들만 봐도 그렇지요. 예전 일입니다만, 자존심도 세고 부모한테 시시콜콜 얘기하는 것을 좋아하지 않는 '취준생' 아들이 어느 날 내게 하는 말이 이력서를 백 통 넘게 넣었지만 면접도 몇 번 못 봤다는 거예요. 청년 일자리 문제가 이리도 심각하구나 다시 한번 체감하면서 '그러냐'라고 답했지요. 내가 젊었을 때와는 아주 다른 세상이 되었습니다. 구직활동에 지쳤는지 외국에서 기회를 알아보겠대요. 또 '그러냐'라고 답했어요. 다 큰 녀석을 부모가 뒷바라지할 수는 없잖아요? 제가 국회의원이니까 더 안 되는 거고요. 게다가 아들은 자유로운 영혼에 자기 주장이 센 성격이어서 스스로 결정할 녀석이었습니다.

집에서는 그저 아들의 애기를 듣고 고개를 끄덕이면서 조용히 응원할 뿐이었지만, 내 마음속은 시끄러웠습니다. 정치인으로서 아주 큰 책임을 느낄 수밖에요. 아들 녀석보다 훨씬 어려운 상황에 놓인 청년들이 얼마나 많아요. 웬만해서는 이 문제를 해결하지 못합니다. 상상력을 발휘해서 과감하고 적극적인 대책을 써야 하는데 그러려면 큰 재원이 필요합니다. 또 그러려면 국민적 공감대와 사회적 합의가 필요할 터인데, '청년 실업은 국가 재난'이라는 프레임으로 이 문제를 봐야 한다고 생각해요. 그런 생각으로 흑자기업이 국가에 납부하는 법인세 중 1% 정도를 청년세대를 위해 사용하는 제도를 입법하려고 애쓰고 있지만 아직은 입법화까지 못 갔습니다. 그래도 '취준생' 청년들이 애쓰면서 이력서를 내는 것처럼 우리 정치인들도 포기하지 않고 더 노력해 봐야겠지요.

딸

어린 손주를 키우느라 경력단절을 겪고 있는 딸을 생각하면 마음이 짠합니다. 가족 넷이서 미국 주재원 생활을 시작할 때 딸이 세 살이었어요. 다시 한국으로 돌아왔을 때 딸은 초등학교 5학년 어린이였지요. 백인들이 주로 다니는 학교에서 학생회장을 할 정도로 미국 사회에 잘 적응했고 귀국해서 한국 생활도 잘 헤쳐 나갔습니다. 아들보다는 딸이 저를 많이 닮았지요. 그런 딸이 대학에 들어가 영문학을 전공한 후 진로를 고민하던 때였습니다. 미국으로 유학을 가서 심리학 전공으로 박사과정을 밟을까 생각하던 딸에게 먹고살기 힘들 거라며 비관적으로 조언했어요. 결국 딸은 역사를 전공하게 되었지요. 그런데 나중에 심리학이 확 뜨지 않았겠어요? 지금도 후회스럽고 미안한 마음이에요.

미국에서 자녀 키우기

미국 주재원 생활은 참 좋았지요. '이야, 미국이 참 좋네. 체질에도 맞나 봐. 나빴던 위장까지 다 좋아졌네.'라고 생각했어요. 그렇다고 미국에 눌러 살 생각은 한 번도 하지 않았어요. 아이들을 생각하면 '여기서 사는 것도 괜찮겠다' 하면서도, 그것이 과연 아이들을 위한 일일까 더 생각해 봤지요. 미국사회에서 생활하다 보니까 유색인종에 대한 편견이 있는 거예요. 내 아이들은 한국인이라는 정체성이 있어요. 설령 미국에서 조금 부유하고 경제적으로 넉넉해서 편리할 수는 있어도, 그런 것들은 인종차별보다 훨씬 낮은 가치입니다. 내가 그대로 눌러 앉으면 자신의 선택이 아닌 부모의 선택으로 강제로 미국에 사는 거잖아요? 자녀들에게 그런 리스크를 만들어주고 싶지는 않았어요. 물론 아이들이 한국에 돌아와서 적응하는 게 쉽지는 않겠지만 그래도 그건 자기 정체성에 맞는 겁니다. 나중에 커서 미국이든 외국이든 간다면 그거야 본인들의 선택이겠지요.

영어 잘하기

옛날 뉴욕에서 직장 생활을 할 때의 일입니다. 종합상사에서 일하다 보니 9년 동안 미국 생활을 했습니다. 꽤 오래전 이야기지요. 종합상사에서 일했고 또 미국 생활을 오래했으니까 영어를 좀 합니다. 그런데 영어를 잘한다는 게 무슨 의미일까요? 제 얘기가 아니라 김대중 대통령에 관한 일화를 소개합니다.

아마도 정치활동이 금지되었던 시기였을 겁니다. 당시 김대중 총재가 컬럼비아 대학교 학생들과 대화하는 자리가 마련되었습니다. 그때 나도 그 자리에 참여했고 김대중 총재를 잠시 만날 수 있었어요. 며칠 후 김대중 총재가 ABC 방송의 나이트라인에도 출연했어요. 그 유명한 앵커인 테드 카풀Ted Koppel과의 인터뷰였습니다.[20] 통역 없이 영어로 하셨지요. 발음은 아주 좋지 않았습니다. 완전 일본식 발음이었어요. 발음만 들으면 사람들이 비웃을지도 모릅니다. 그런데 전혀 흠이 없는 영어였습니다. 게다가 메시지가 정확하고 분명했어요. 자연스럽게도, 발음보다는 의미에 경청하게 되더군요. 대단했습니다.

여러분, 영어를 잘하는 게 무엇입니까?

---

20 영국 태생의 미국 방송 저널리스트. ABC 방송사에서 1980 년에서 2005 년까지 나이트라인의 앵커를 맡았다. 1983 년 미국 레이건 대통령의 한국 방문을 두고 인권을 유린하는 독재정권에 도움이 될 것이라는 우려와 비판이 있었다. 테드 카풀은 2 명의 미국인과 2 명의 한국인(김대중, 봉두완)을 스튜디오에 초대했다. 독재정권을 대변하고 비호하는 봉두완은 유창하게 영어를 구사했으나, 김대중은 그러지 못했다. 봉두완이 독재는 박정희 시절에 있었고 전두환 정권은 인권을 완벽하게 보호하고 있다고 주장했다. 그러자 김대중은 "내가 한국 인권 상황에 대해 지금껏 말한 것은 내 개인적인 의견이 아닙니다. 1982 년에 발행된 국제 인권보고서를 인용한 것입니다. 1982 년 미국 정부의 인권보고서도 그 내용을 확인해 주었습니다. 미국 정부가 내가 말한 게 거짓이 아님을 확인해 준 내용이지요."라고 말했다.

영어 못하기

대한민국을 대표해서 미국과 통상협상을 하러 가는 사람들에게 말했습니다. 영어를 잘하는 사람들이지요. 그들에게 당부했어요.

"여러분은 이제부터 영어를 못하는 겁니다. 국민들을 위해서 오늘은 잘난 체하지 마세요. 통역을 데리고 가서 통역을 쓰세요. 저쪽에서 영어로 얘기하면 그걸 다 듣고 그러고 나서 통역하는 동안에 어떻게 답변할까 생각하세요. 그런 다음에 한국어로 답하고 그 답변이 다시 어떻게 영

어로 통역되는지 잘 들으면서 다시 생각하는 겁니다. 대충
뭔 얘기인지 알겠지요? 우리는 영어를 모르는 걸로 합니
다. 서두르지 말고 잘난 척하지 말고 충분한 시간을 확보
하면서 협상에 임합시다."

한미 FTA 협상을 할 때의 일입니다. 당시 나는 산자부 장
관을 하고 있었어요. 한미 FTA 협상을 할 당시, 열여섯
개 협상 팀이 있었습니다. 그중 여덟 개 팀을 산자부가 담
당했습니다. 팀장들과 함께 밥을 먹었지요. 그러면서 영어
못하기 전략을 짰던 거예요. 당시 우리 쪽 협상 팀들이 죽
을 노력을 다했어요. 실제로 우리한테 유리한 협상을 많
이 했습니다. 나중에 미국이 사인까지 해놓고서는 물려
달라고 했습니다. 트럼프 정부까지 포함해서 여러 번. 그
러니까 처음에 협상이 굉장히 잘된 것이었어요.

일은 나눠서 하세요

만약 여러분이 성실하고 또 재능도 있다면 어디에서든 일이 몰리게 마련입니다. 하지만 주위를 둘러보세요. 그런 때일수록 많이 주의해야 합니다. 나는 죽도록 일했는데 동료들로부터 질시를 받으면 안 되기 때문이지요. 혼자 땀 흘리면서 팥떡을 만들고 있지 않나요? 그러면 언젠가 그 팥떡을 남한테 빼앗기고 맙니다. 떡은 같이 만들어야 보람이 있고 또 함께 팔아야 잘 팔리는 거 아니겠어요? 이것은 오랫동안 직장생활하고 또 정치인 인생을 살면서 깨달은 이치랍니다.

타인의 마음속에 좋지 않은 감정을 만들면 손해 아니에요? 그런 걸 누그러뜨리기 위해 노력해야 합니다. 열심히 일하세요. 하지만 일은 나눠서 하세요.

느리지만 부지런한

어느 사회에서나 마찬가지겠지만 게으르면 정치를 할 수가 없습니다. 그런데 제가 게으르지는 않은데 좀 느린 스타일이에요. 느리기만 하면 생존이 안 되니까 부지런함으로 극복했지요. 의정활동을 하면서도 전라북도 무주, 진안, 장수, 임실 지역에 있는 사람들과 부지런히 만났어요. 거기가 서울에서 굉장히 멀어요. 산업자원부 장관 청문회를 했을 때의 일입니다. 아무것도 걸린 게 없었지요. 그런데 65장 티켓이 걸렸어요. 도로교통법 위반입니다. 주로 과속이지요. 유감스럽게 생각합니다. 물론 항상 과속하지는 않았는데 그 정도 티켓을 받았으니까 정말 부지런히 만났던 것 같아요. 선거가 있을 때면 더욱 부지런히 주민을 찾아다녔지요. 이게 습관이 되었습니다. 지역구를 옮긴 후 서울 종로구에서 선거운동하는 내 모습을 보면서 사람들이 이렇게 말하더군요. 세 명만 모이면 정세균이 나타난다고요. 정치에서는 부지런한 놈을 못 당해요.

공부를 했으면 됐지

미국에서 직장생활을 하면서 MBA 과정을 이수했어요. 이제 와서 냉정하게 생각해 보면, 그게 공부를 하고 싶어서였다기보다는 이력서에 한 줄 더 쓰기 위해서였지 않았을까 생각해요. 어쨌든 이력서에 잘 써먹었지요. 박사과정이 문제였어요. 재충전을 하면서 의정활동을 해야 국회의원을 제대로 할 수 있을 것 같다는 생각에 경희대학교에서 박사과정을 이수했어요. 당시 죽을 둥 살 둥 공부했습니다. 국회의원이라고 해서 시험이 면제된다거나 숙제를 제출하지 않아도 된다거나 하지 않았으니까요. 시험도 보고 숙제도 하고 했지요. 그런데 나중에 논문으로 시비가 생겼어요. 다른 논문에 있던 문장을 인용하면서 그걸 참고문헌으로 표시까지 했는데, 그게 나중에 개정된 논문 규정에 맞지 않게 인용했다는 거예요.

이때 혼자 든 생각이 있었습니다. 표절이라고 비난하시는 분들도 있었지만, 저는 수준 문제라고 생각했어요. 정치인의 논문이 학자의 논문과 같지 않잖습니까? 학자는 학문을 일생의 업으로 삼지만 정치인은 정치를 업으로 삼지 학문을 업으로 삼지는 않으니까, 당연히 정치인의 논문이 학자의 논문보다 수준이 떨어질 수밖에요. 이처럼 수준이 떨어진다면 그 일을 굳이 정치인이 할 필요가 있을까 하는 생각이 들었던 거예요. 그래서 후배 정치인들에게는 박사학위 논문을 쓰지 말라고 조언해야겠다고 결심했어요. 공부는 하되 논문을 쓰지 마라, 박사과정을 수료해서 공부했으면 됐지 학문을 할 것도 아니면서 무슨 논문이냐, 논문 수준이 떨어지거나 아니면 표절시비에 걸리거나 둘 중 하나가 될 터이니, 배움을 게을리하지 말고 공부는 즐기되, 학위논문을 쓰지 않는 게 지혜로운 일이 아니겠느냐, 하는 정도의 조언입니다. 명예박사만으로도 훌륭한 것이지요.

응, 아저씨가 진짜 세균맨이야

학창시절 친구들이 제 이름 가지고 놀렸지요. 박테리아라
고요. 세균이니까요. 그래도 기분 나쁜 적은 없었던 것 같
아요. 재미로 그러는 거라고 생각하고 말았지요. 정치인이
돼서는 국민들이 이름을 외우기 편해서 좋아요. 언젠가
어린이들이 나를 보고 '세균맨이다!'라고 외치길래, "응, 아
저씨가 진짜 세균맨이야."라고 답한 적이 있습니다. 국회의
장으로 취임하고 나서 최순실 국정논단 사건이 보도가 되
던 때였어요. 어느 20대 젊은 남성이 '세균맨' 인형을 제게
선물하려고 국회에 왔어요. 비서관이 국회 문까지 가서

세균맨 인형을 받아왔어요. 박근혜·최순실과 잘 싸우고 견제하라는 의미의 선물이었어요. 그러다가 의정부에서 소포가 왔어요. 다음 세대가 원전 때문에 고통을 겪지 않게 해달라는 여고생의 손편지가 뽀로로의 '루피' 인형과 함께 동봉되었습니다. 제가 생긴 게 루피를 닮았다는 거예요. 이 두 인형은 나한테는 아주 큰 선물이었습니다. 젊은 친구들의 선물이니까 당연히 귀하고 고맙지요. 이 인형들에는 내가 내 역할을 잘하기를 바라는 마음이 들어 있어요. 그래서 내가 일을 제대로 하는지, 성실히 하는지 이 두 녀석들이 지켜보도록 해야겠다는 생각이 들어 집무실 책상 위에 지금껏 모셔두고 있습니다.

보좌관, 이 녀석들

국무총리를 맡기 전까지 아홉 명의 보좌진이 있었습니다. 다른 국회의원과 비교하면 보좌진 변동이 별로 없는 편이에요. 지금도 그래요. 오랫동안 손발을 맞추고 있지요. 제가 좋은 사람들을 만났기 때문입니다. 마땅치 않은 부분이 있으면 이해하기도 하고, 아니면 좀 고치도록 조언도 합니다. 인간관계를 맺으면 오래오래 지속하려는 제 성벽도 있어서 아무튼 오랫동안 함께 일을 하는데, 나이를 먹고 지위도 올라가니까 섭섭한 기분이 들기도 해요.

'옛날에는 내 앞에서 말도 잘하더니 지금은 살갑게 하지를 않네, 이 녀석들이.' 그러면서 세월을 느끼는 거지요.

눈물

나는 눈물을 잘 흘리는 사람은 아닙니다. 침통하고 좌절하는 일이 있어도 눈물을 참는 편이지요. 그렇지만 정치를 하면서 몇 번 눈물을 흘렸습니다. 국회에서 노무현 대통령이 탄핵될 당시에 울었지요. 그건 정치가 아니었어요. 완전 억지였고 다수파의 횡포였습니다. 억울해서 눈물이 나오더군요. 다음은 이명박 정부 시절이었지요. 2009년에 미디어법 강행 처리를 막으려고 무지 노력했습니다. 처음으로 단식투쟁을 했습니다. 원래 단식을 싫어하는데 그것 말고는 달리 저항하고 싸울 방법이 없어서 죽을 각오로 단식투쟁까지 했던 겁니다. 우리가 그토록 고생해서 이 나라를 민주주의 국가로 만들었는데 다시 독재 시절로 퇴락하는 걸 가만 놔둘 수는 없잖아요? 당시 이명박 정부의 언론장악 계획을 막기 위해 그렇게나 죽도록 싸웠지요. 결국 막지는 못했어요. 농성을 정리하면서 눈물을 흘렸습니다. 또 세월호 사건이 있었지요. 어린 생명을 생각하니 눈물이 나옵니다. 그건 이루 말하기 어려운 슬픔이었습니다.

국무총리가 된 다음 코로나19와의 사투를 진두지휘하면서 우리 국민들을 생각할 때마다 눈시울이 뜨거워집니다. 우리 국민은 정부를 믿어줬지요. 정부의 방역지침을 따르면서 다같이 고통스럽게 싸웠습니다. 우리 국민의 헌신과 희생이 아니었다면 코로나19와의 싸움에서 대한민국은 넘어지고 말았을 겁니다. 고맙지요. 하지만 영업을 하지 못하면서도 임대료를 부담해야 하는 자영업자의 눈물을 어떻게 닦아줄 것인지, 눈물이 납니다.

DJ 후계자

오래전에 정세균이 김대중 대통령의 후계자로 뜬다는 이야기가 회자됐는데, 나는 그저 'DJ 키드'로 정계에 입문한 사람이에요. 당시 DJ 키즈로는 나를 포함해서 추미애, 천정배, 신기남, 정동영, 김한길, 정동채, 김민석, 유선호, 김영환 등이 있습니다.

김대중 대통령은 아주 강해 보이지만 실은 끈질긴 정치를 하시는 분이었어요. 유연하셨지요. 가끔 져주기도 했고요. 그렇지만 큰 원칙은 절대 버리지 않으셨지요. 그런 점은

제가 김대중 대통령을 본받고 또 닮긴 했어요. 저도 지금
껏 쉽게 포기하지 않고 끈질기게 싸우고 협상하면서 정
치를 해 왔던 것 같아요. 하지만 김대중 대통령의 끈기있
는 정치에 비하면 아무것도 아니지요. 제가 그분이었다
면 벌써 여러 번 포기했을 일도 굽힘 없이 해내셨거든요.
김대중 대통령은 백년에 한 번 나올까 말까 한 큰 인물이
셨어요.

편집여담

이 책을 기획하고 저자의 원고를 편집한 두 편집자가
이 책이 나오기까지의 과정과 뒷이야기를 자유로운 대
화를 통해 독자에게 전합니다.

"네 맞습니다.
실제로 저자는
이 책에 담긴 목소리로
말씀을 합니다."

기획의도

마담쿠 | 우리는 이 책을 꽤 오래 전부터 기획했습니다. 저자가 국회의장이던 시절부터 이 책을 기획했으니까 적어도 3년을 준비한 책입니다. 책이 어떻게 기획되었고 어떤 과정을 거쳐 세상에 나오는지 독자들이 궁금해하시겠지요? 정치가 세상에 미치는 영향이 매우 크고, 우리 한국인들이 생활 속에서 정치 이야기를 많이 함에도 막상 정치인에 대해서는 소수의 사람을 제외하고는 관심이 없습니다. 출판시장에서도 정치인의 책은 잘 읽히지 않았고요. 마치 정치와 정치인이 분리되어 있는 것 같다는 인상을 받았지요. 그래서 궁금했습니다. 정치인은 어떤 사람들일까? 그들은 어떤 생각을 하며 살아가는 것일까? 우리와 어떤 차이가 있길래 그들이 우리의 리더가 되고 우리는 그들을 따라가는 것일까? 이런 생각과 토의 끝에 정치인의 에세이를 펴내기로 했습니다. 부정부패와 관련이 없는 정치인이었으면 좋겠다, 젊은 정치인보다는 오랜 세월 정치인 인생을 살면서 들려줄 게 많은 분이었으면 좋겠다, 당대사에 빼놓을 수 없는 IMF 같은 국가적 위기를 체험한 분이었으면 한다, 은퇴하신 분보다는 현직 국회의원이었으면 좋겠다 등등의 바람이 있었습니다. 그 결과가 정세균 국회의장이었습니다.

제작과정의 우여곡절

코디정 | 네, 그게 우리의 기획의도였지요. '정치'에 관한 책이 아니라 정치인이라는 직업을 가진 '한 인간'을 책에 담는 작업이었습니다. 기획의도에 맞게 책이

300

편집되었다고 생각해요. 편집자로서는 가장 큰 보람이지요. 처음 생각과 작업한 결과가 서로 잘 어울렸으니 고마운 생각마저 듭니다. 하지만 우여곡절이 있었습니다. 정치인의 책은 일정대로 진행되지 않고 생각보다 매우 어렵다는 사실을 깊이 체험하기도 했어요. 섭외까지 1년 넘게 걸렸습니다. 그러다가 저자와 평생 막역한 분께서 다리를 놓아주신 덕분에 이 출판 프로젝트가 시작되었습니다. 그때가 2019년 여름 무렵이었을 겁니다. 바로 작업에 착수했어요. 저자가 구술하고 저희는 저자의 목소리를 글로 옮기는 작업이었습니다. 매우 빠른 속도로 진행되었습니다. 그러다가 갑자기 큰 위기가 찾아왔습니다. 그해 12월에 저자가 느닷없이 국무총리가 된 것입니다. 이건 예정에 없던 일이었습니다. 국가적인 관점에서는 좋은 일이겠지요. 그러나 편집자 관점에서는 다르지요. 이러다가 이 출판 프로젝트가 중단되는 게 아닌가 하는 불안감이 엄습했습니다. 이어서 더 무서운 일이 발생했습니다. 코로나19의 대유행이었습니다. 저자를 만날 수 있는 상황이 아니었고 겨를도 없었습니다. 그럼에도 우리는 작업을 계속해서 2020년 봄 무렵에는 이미 이 책의 1장, 3장의 일부, 4장, 5장의 내용에 대한 편집을 모두 끝냈습니다. 저자가 국무총리가 되기 전의 이야기로 묶인 에세이집이었고, 그것만으로도 충분히 한 권의 책이 될 수 있었습니다. 하지만 출간을 하지는 못했지요.

코로나 총리
—

마담쿠 | 공직에 있는 저자에게

우리 프로젝트의 중요도는 가장 후순위가 되었을 겁니다. 해야 할 수많은 과업이 쌓여 있었을 테니까요. 어쩔 수 없이 저희도 파일을 덮어둘 수밖에 없었지요. 다행히 저자는 이 프로젝트를 잊지 않았고 올해 설날, 명절을 반납하며 후속 작업에 몰두했습니다. 2장과 3장은 그렇게 탄생했어요. 2장은 명실공히 '코로나 총리'에 대한 에세이입니다. 코로나19가 초래한 국가적 위기와 이를 극복하려는 개인의 노력이 입체적으로 맞닿아 있지요. 기다리기를 잘했다 싶을 정도로 생생한 현장 이야기가 이 책에 추가되었습니다. 책을 편집하는 동안에도 코로나 상황은 시시각각 변했고 그때마다 정부의 적극적인 대응이 이어졌습니다. 한 나라의 수장이 누구냐에 따라 각국의 상황이 180도 달라졌고 '정치인의 노력이 나라

를 바꾼다'는 말이 어떤 의미인지 조금은 알 수 있었습니다. 이렇게 책의 제작기간이 길어지는 동안 출판사의 고심도 깊어졌는데요. 바로 방향성 때문입니다. 원고는 처음 기획한 총리 이전의 정치 이야기와 총리 이후의 국정 이야기로 나뉘었습니다. 한결같던 문장의 온도도 조금씩 달라졌어요. 작업에 있어 편집자의 시선이 중요해지는 시점이었지요.

목소리가 들리는 편집

—

코디정 | 이소노미아의 고전 〈인류 천재들의 지혜 시리즈〉도 그렇습니다만 이번 책에서도 저자의 목소리가 가장 중요했어요. 독자에게 목소리가 들리는 편집을 하자, 이게 초기 목표였고 원고의 내용이 바뀌었을 때에도

이 편집 방향만큼은 고수했습니다. 국정 이야기를 할 때나 개인적인 이야기를 할 때에도 목소리만큼은 변하지 않을 테니까요. 에세이집은 저자의 목소리를 담을 수 있는 최적의 그릇입니다. 저자의 에세이를 읽다 보면 마치 저자가 독자에게 직접 얘기를 하는 듯한 체험을 만들어 보고 싶었습니다. 사전에 〈수상록〉 원고를 읽었던 어떤 이가 "이거, 진짜 정세균의 목소리야?"라며 반문했습니다. 공식 발표를 할 때와 사석에서의 대화 방식에는 차이가 있으니까요. 그래서 대답했습니다. "네 맞습니다. 실제로 저자는 이 책에 담긴 목소리로 말씀을 합니다."

새로운 유형의 해결사

마담쿠 | 원고를 위해 여러 번 저자를 만났습니다. 저자를 만날 수 있는 것은 편집자의 특권입니다만 이번에는 더욱 특별했습니다. 설명하기 어려운 기분이었어요. 원칙을 말하는 사람들이 이 세상에 많지만 그 원칙을 항상 현명하다고 받아들이지는 않잖아요? 하지만 원칙에 경륜이 더해지면 지혜가 된다는 걸 깨달았어요. 아, 이런 사람이 정치를 하는구나 하는 안도감과 함께 빨리 책을 세상에 내놓고 싶다는 욕망이 생겼습니다. 권위적인 모습을 보이지 않는 지도자, 심리적인 문턱이 없는 편안한 어른, 그러면서도 어디선가 합리적인 방법을 찾아내는 새로운 유형의 해결사, 이것이 제가 느낀 저자의 모습이었습니다. 실제로 저자는 '미스터 스마일'로 상징되는 대표적인 신사로 알려져 있지만 여야의 정치투쟁과 막전막후의 위기에서 마지막에 꼭 등

장하는 인물이기도 하고요.

두 종류의 훌륭한 사람
—

코디정 | 새로운 유형의 해결사라는 표현에 공감해요. 저는 좀 다른 얘기를 해보지요. 세상에는 두 종류의 '훌륭한 사람'이 있는 것 같습니다. 말을 잘하는 사람과 말을 잘 듣는 사람 중에서 우리는 어느 쪽에 더 끌릴까요? 말을 잘해서 우리가 듣고 싶은 이야기를 사이다처럼 말하는 사람을 만나면 기분이 좋아집니다. 그렇지만 말을 참 잘 들어줘서 내가 흉금을 터놓고 얘기를 해도 될 것 같은 사람을 만나면? 그 역시 기분이 좋아집니다. 이런 두 종류의 훌륭한 사람 가운데 여러분은 어떤 사람이 더 훌륭하다고 생각하십니까? 저자를 만나고 대화하며 편집작업을

하면서 느낀 점이 이런 겁니다. 경청의 훌륭함이라는 게 우리가 그토록 소망하는 정치 지도자의 참된 모습이 아닐까 하고요. 저자는 말씀도 편하게 잘하기도 했지만, 무엇보다 타인의 얘기를 정말 잘 들어주셨어요. 경청의 훌륭함을 직접 체험하는 아주 좋은 과정이었습니다.

다시 기획의도로
—

마담쿠 | 〈수상록〉이라는 제목을 붙여서 책을 펴냈습니다. 요즘은 잘 사용되지 않는 단어입니다만, 수상록隨想錄은 에세이를 뜻합니다. 한편으로는 수상首相의 기록이라는 뜻도 있겠지요. 다시 기획의도로 돌아가자면, 우리는 정치에 관한 책이 아니라 정치라는 직업을 갖고 있는 사람에 관한 책을 만들고 싶

었습니다. 평범한 정치인이 아니라 정치 지도자 중에서도 가장 경륜이 있는 사람을 담는 책이었습니다. 그들은 어떤 사람이며 무슨 일을 하는지, 어떤 부분에서 보람을 느끼고 그들의 기억 속에는 어떤 사건이 남아 있는지, 그들이 생각하는 대한민국은 어떤 모습인지에 초점을 맞췄습니다. 독자를 설득하기보다는 독자와 대화를 하는 책이었으면 좋겠다고도 생각했지요. 〈수상록〉은 정치인을 담은 저희의 첫 번째 책이며 어쩌면 마지막 책이 될 수도 있습니다. 독자에게 최고를 선물할 수 있다는 확신이 생기면 그 다음 책으로 돌아오겠습니다. 감사합니다.

읽을 수 있는 책을 만들고 싶었습니다. 정치인들이 습관적으로 사용하는 영웅담과 웅변을 제외하고 진심만을 잘 담으면 여백이 많은 책이 될 것이고, 마치 시집 같은 형식이면 더욱 좋겠다고 생각했어요. 그런데 국무총리 때의 일이 2장과 3장으로 들어와서 조금 두꺼워졌습니다. 약간 무거워지기도 했습니다. 그래도 저자의 생각으로 빽빽한 책은 아닙니다. 공간은 여전히 많아요. 저자가 만들어 놓은 여백에 독자 여러분의 마음이 더해지기를 희망합니다. 감사합니다. 고생하셨어요.

여백이 많은 책
—

코디정 | 처음에는 1시간이면 다

305

WHY: 세 편의 에세이와 일곱 편의 단편소설

2018-09-04 발행
지은이 | 버지니아 울프
번 역 | 정미현
정 가 | 12,000원
ISBN | 979-11-962253-2-2

한 번의 독서로 버지니아 울프의 작품세계와
작가정신을 동시에 체험할 수 있는 책

굿윌: 도덕 형이상학의 기초

2018-09-04 발행
지은이 | 임마누엘 칸트
번 역 | 정미현, 방진이, 정우성
정 가 | 13,000원
ISBN | 979-11-962253-3-9

교보문고 오늘의 책으로 선정된, 평범한
한국인이 읽을 수 있는 유일한 칸트 번역서

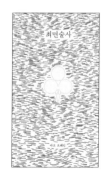

최면술사: 마크 트웨인 단편집

2019-3-25 발행
지은이 | 마크 트웨인
번 역 | 신혜연
정 가 | 13,000원
ISBN | 979-11-962253-6-0

피곤하고 지친 현대인에게 마크 트웨인이
선물하는 보약 같은 유머

타인의 행복: 공리주의

2018-12-31 발행
지은이 | 존 스튜어트 밀
번 역 | 정미화
정 가 | 13,000원
ISBN | 979-11-962253-4-6

〈공리주의〉를 쉽고 명쾌하게 번역해 낸
고전 중의 고전

소나티네: 나쓰메 소세키 작품집

2019-04-30 발행
지은이 | 나쓰메 소세키
번 역 | 김석희
정 가 | 15,000원
ISBN | 979-11-962253-7-7

매혹적인 나쓰메 소세키. 그의 폭넓고
깊은 정신세계를 체험해 보세요

휴머니타리안: 솔페리노의 회상

2019-02-20 발행
지은이 | 앙리 뒤낭
번 역 | 이소노미아 편집부
정 가 | 15,000원
ISBN | 979-11-962253-5-3

수많은 생명을 구한 책입니다. 국제적십자
운동을 촉발시킨 인류애 가득한 전쟁르포

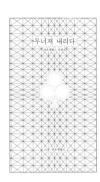

무너져 내리다: 피츠제럴드 단편선

2020-05-25 발행
지은이 | 스콧 피츠제럴드
번 역 | 김보영
정 가 | 15,000원
ISBN | 979-11-962253-8-4

이것이 스콧 피츠제럴드입니다. 작품에 담긴
사랑 이야기와 현실 속 작가의 좌절 이야기

스물여섯, 캐나다 영주
: 인생에는 플랜 B가 필요해

2020-09-25 발행
지은이 | 그레이스 리
정 가 | 12,000원
ISBN | 979-11-90844-07-9

인생의 목표를 잃어버린
어느 사회 초년생의 플랜 B 이야기

굿머니: 모금가 김효진의 돈과 사람 이야기

2020-11-02 발행
지은이 | 김효진
정 가 | 15,000원
ISBN | 979-11-90844-09-3

사람들이 모르는 돈의 세계.
부자들만 돈을 모을 것 같지요?
아주 다양한 사람들이 있답니다.

수상록

정세균 에세이

초판 1쇄 발행 | 2021년 4월 15일

지은이 | 정세균
편   집 | 마담쿠, 코디정
디자인 | SUN
제   작 | 우섬결
도와주신 분 | 서정규, 고병국

펴낸이 | 구명진
펴낸곳 | 이소노미아
주   소 | 서울시 종로구 율곡로 2길 7 서머셋펠리스 303호
전   화 | 010 2607 5523   팩스 | 02 568 2502
전자우편 | h.ku@isonomiabook.com
인스타 | @isonomia6
페이스북 | @isonomiabook

ISBN   979-11-90844-00-0   03810